U0932037

叮叮行

吳俊賢 著

本創文學 115

叮叮行

作　　者：吳俊賢
策劃編輯：黎漢傑
責任編輯：杜雪琪
封面設計：Kace yellow
內文排版：陳先英
法律顧問：陳煦堂　律師

出　　版：初文出版社有限公司
電郵：manuscriptpublish@gmail.com

印　　刷：陽光印刷製本廠

發　　行：香港聯合書刊物流有限公司
香港新界荃灣德士古道220-248號
荃灣工業中心16樓
電話：(852) 2150-2100　傳真：(852) 2407-3062

海外總經銷：貿騰發賣股份有限公司
電話：886-2-82275988　傳真：886-2-82275989
網址：www.namode.com

版　　次：2025年6月初版
國際書號：978-988-71097-5-4
定　　價：港幣98元　新臺幣360元

Published and printed in Hong Kong

香港印刷及出版

香港藝術發展局
Hong Kong Arts Development Council 資助
香港藝術發展局支持藝術表達自由，
本計劃內容並不反映本局意見。

目錄

第一輯：日子

第二輯：地景

第三輯：聚餐

第四輯：我城

第五輯：東西

第六輯：疫症

第七輯：校園

第八輯：你們

第九輯：他者

談《叮叮行》——筆訪詩人吳俊賢

堅實的翅膀
——序吳俊賢《叮叮行》

陳永康

認識俊賢源自讀他的小說，我驚異於他年紀輕輕，文筆、心思老練。「吳俊賢」這個名字是本地大小文學創作獎的常客，早就成為文壇一顆觸目的新星。二〇二三年我們初次見面，原來「真人」更加後生得教人嫉妒，自此加深了解：好奇、敏感、勤奮、富想像力、文筆優美，這些特質如堅實的翅膀，足以讓俊賢在寫作的天空裏自由翱翔，他是註定要當作家的。

俊賢的小說擅長刻畫都市小人物，對於不同階層、職業的人物都有讓人佩服的細緻描寫。除了人情世故，俊賢也熱愛生於斯長於斯的都市社區，那些我們熟悉或者不太熟悉的屋邨、商場、街道、公園……都成為他筆下一道道引人入勝的風景。他就像一位長輩向我們娓娓道來，說關於這個城市大大小小的故事。這讓我想起黃仁逵筆下的都市小角色，都充滿生活氣息，容易讓讀者產生共鳴。卻沒想到，這些栩栩如生的故事出自一個如此年輕的作家之手。

喜歡運用大量意象刻畫細節的俊賢説自己的小説「重視細節，而忽視了情節……寫小説會像寫新詩般，由一個物件聯想到另一個物件，然後發酵下去……」(〈卑微的盼望——專訪吳俊賢先生〉，《大頭菜文藝月刊》二〇二二年總第七十八期)。如果説俊賢的「小説得力於新詩的學習」(同上)，那麼，直接寫詩就順理成章，理所當然，也更加得心應手，無所顧慮了。的確，在創作路上先小説而後新詩的俊賢，寫新詩的成績後來居上不足為奇。以下是他的得獎詩〈斜坡〉開篇首節內容：

鐵線衣架扣入綿密傾斜的菱形
寬身的桃紅大衣自鐵絲網垂下
飄揚，蒸發在冬日和暖的午陽
擋去球場裏孩子嫣紅的臉頰
老人蹲在地上和一個老人議價
圍繞幾本缺乏重量和封面的龍虎門
充電線纏成一盤，還有
開心樂園餐玩具

龍蛇馬羊年利是封
色情光碟靜靜躺在一旁
赤裸的背照出彎彎的彩虹
……

熟悉而密集的意象，親切且豐富的畫面，展開鋪寫大家都有共鳴的成長故事。這些「重視細節」的呈現，是最好的「詩語」，〈斜坡〉首節便出手不凡，先聲奪人，是要展現奪獎的決心，毫無疑問，俊賢本來就是寫詩的。其實，「注重細節」並非沒有情節，我們在密集的意象夾縫中，仍然可以找到敘述故事的情節，例如〈雨下〉開首這幾行：

當雨點悄然灑落濕滑的地
你穿著水靴，高舉鐵枝
勾著小鐵圈然後旋轉，如你
年輕時，雨中和她漫步海濱
刻意旋轉傘柄把水擊落她
仍未暗淡的臉，再為她拭去淚痕
她鼓著腮推開你，後來又
向你靠攏。魚檔的簷篷

瞬間已伸展成蔭，遮擋陽光和雨

……

〈雨下〉的結構就有俊賢小説的影子。首節「高舉鐵枝／勾著小鐵圈然後旋轉」，交代魚檔開市的一個小動作，接著便由「小鐵圈」聯想到「旋轉傘柄」，然後發酵出小兩口的浪漫愛情故事。旋轉小鐵圈的小動作，到了第八、九行才接續交代「魚檔的簷篷／瞬間已伸展成蔭，遮擋陽光和雨」的情節。詩的後半部分又順著「旋轉傘柄」聯想到同樣是圓圈的「銀環」，最終完成夫妻風雨同路，經營魚檔的故事。由「小鐵圈」到「旋轉傘柄」到「銀環」；由雨點、水靴、淚痕，到簷篷、遮擋陽光和雨。〈雨下〉就是這樣前呼後應，聯想、串連交代一個樸實而親切的愛情故事。

除了參與各大文學創作比賽，寫給評判們讀的「力作」外，俊賢更多的詩也和小説一樣，「是想寫給身邊的親戚朋友看的」（見前引〈卑微的盼望——專訪吳俊賢先生〉一文），像以下這一首：

〈教員〉（節錄）

我曾借故蹓躂教員室外，小息鬆懈的時光

窺探門後的禁地，期待訓導主任
咧嘴而笑，英文老師用粵語
跟同僚分享旅遊趣聞，光芒自門縫裂開
學生推門呼喊你的名字，而你埋頭進食
遲來的早餐，仍忙用橡皮圈綑綁
中三呈分的試卷，整理 Excel 檔的表列
確保儲存才應聲步出，左上角的磁碟鍵一按
再按，滑鼠聲遮掩屏風後低頭的她
悄悄掩著嘴巴，話筒傳出童稚的聲音
繚繞外傭監視的目光，目光巡迴於
一份草擬的教案，查簿的表格
等待她簽署，如承諾，再遞到他面前
筆筒前方擱著嬰兒的笑臉，未讀的短信
點亮了屏幕又消沉，如他垂頭批改的臉
追趕達標的數字，書寫秀麗字跡的手
傍晚倉促搖勻奶瓶，仍未及垂放

密集的敘述，讓人眼花繚亂的意象，不是刻意堆砌，或者誇張安排，正是本地教師的日常寫照。誰在意教師的辛酸？在這個重「學」輕「教」，「教學工作」變

成「學教工作」，老師的角色越來越被邊緣化，「教員」生涯朝不「保席」的年代，老師們讀此詩最有共鳴。我向來喜歡短小而貼近生活日常、簡單又易讀的詩篇，例如〈辦公室三首〉、〈紙巾套〉、〈意粉〉、〈不成氣候〉等等。熟悉的生活，變成了詩篇，最能打動讀者，這是寫作最大的心願吧。

文學源於生活，生活造就文學，在創作路上才剛起步不久的俊賢已經取得可喜的成績。該如何繼續走下去？我們都有自己喜歡的生活，有自己愛走的路。寫自己喜歡的詩篇，不急於成長強説愁；也無須裝老成扮淡然。如果我們相信每個人都不一樣，生活如萬花筒天天轉，就沒有必要複製見山是山、見山不是山、見山還是山的成長軌跡；如果相信忠於自己的生活，沿途定能看到美好的風景，譜寫出美好的詩篇。我們熱切期待年輕有為的俊賢在創作的天空裏，憑著一雙堅實的翅膀，飛得更高更遠……

2025.1.31.

逆行的電車

——《叮叮行》序

吳俊賢

電車循著纜索和路軌，沿港島區最繁榮的軒尼詩道緩緩東行，像個不慌不忙的老人，與周遭鬧市顯得格格不入。它無法與世界抗衡，無法與別人攀比速度，只能踽踽獨行，偶爾發出「叮叮」的跫音。誰不知這一聲清脆短促的鈴響，其實也是一首悅耳的詩篇。

近年觀光客萬分垂青的電車，對我來說，其實是個悲傷的隱喻。那段無業困頓的日子，家庭遭逢變故，社會秩序混亂，反常失序的日子裏，我急切渴望從鐵軌的恆常與不變中尋求安穩。更重要是，電車廉價、緩慢，能為我打發過多的閒暇。緩緩從堅尼地城盪到筲箕灣，我瞥出窗外，能看見繽紛多變的世情。就是那段時間，我在沒有空調設備的車廂裏，點開手機備忘錄，低頭敲鑿詩句。

散文能反映真情實感，小說有情節引人注目，而新詩，似乎是一種顛覆時代的產物，一株溝渠旁逆向而生的小草。在講求速度和效益的年代，新詩看似不合時宜。我曾經偏執地相信，新詩這種浪漫的化身，與務實的我無緣。它的型態虛渺如鬼魅，讓人難以捉摸，讓讀者難以閱讀，這豈不是扭曲了文字作為情感思想傳遞媒介的意義嗎？讀畢一首詩，腦海陷入混沌，這種感覺並不好受，那段時間，我認為自己會漸漸疏遠新詩。

諷刺的是，我生平獲得的第一個文學獎，竟是大學文學獎的新詩組冠軍。縱使獲得文學獎不是甚麼崇高的殊榮，但至少證明我仍能寫詩。得獎作品〈斜坡〉文字十分淺白，全詩以白描形式寫景，當中滲入少許生活片段，沒有很深的鋪墊，最終得獎，才讓我明白，新詩原來不必深奧難明，簡潔的文句原來也能成詩。

直至那段困頓的歲月，我整天瑟縮在電車車廂上層，坐在靠窗的單人座位，糾結於上下拉動的窗子該維持怎樣的高度，才能滿足呼吸的需要，同時又不致被風摧毀軟弱的自己，於是急切想寫點文字。那時我沒有心思經營小說，也無法透過散文直視遍體鱗傷的軀體，於是寫詩，把情感調控至隱藏與袒露之間，似乎最為合適。詩不需要情節，甚至沒有所謂邏輯，詩中很多意象沒有時序或因果關係，都是透過聯想和跳躍拼合而成的。讀詩也不必強求看得懂，像不同醬料混合後在味蕾綻放獨特的味道，不為甚麼，只是種感受罷了。

長久以來，詩集被戲謔為票房毒藥，因此在出版詩集一事上，我向來抱著隨遇而安的心態。與其讓出版社聞風喪膽，被讀者拒之千里，擱在書店的貨架上蒙塵，倒不如就讓這塊創作版圖丟空吧。慶幸我能遇上陳永康先生，二人惺惺相惜，他出版了多本新詩賞析專著，務求讓廣大讀者更容易接觸這種特別的文學體裁，褪去新詩曲高和寡的外衣。仍未認識陳老師以前，我已讀過他的書，甚至擅自挪用了幾個章節，教授課後創作班。感謝陳老師的鼓勵，否則我實在沒有勇氣把新詩結集成書。

本書共分九輯，按照主題劃分，收錄了過去七年間，我寫下的詩作共八十首。當中書寫了無數個顛沛或平順的「日子」。閒暇時我愛遊走「我城」的大街小巷，發掘各處的「地景」見聞。畢業以後，我穿梭於不同學校擔任教職，「校園」風光自然是筆下重要的主題。世紀「疫症」侵襲之際，連飯局「聚餐」也頓成奢侈，居家避疫的時光，唯有借物寄意，透過種種死物和「東西」聊以慰藉。任何文類也離不開人物書寫，不論是寫給「你們」的贈詩，抑或描寫城市周遭的「他者」，相信都能勾起你的共鳴。

打字過久時，眼睛容易感到乾澀。此時電車裏的我，會閉目放鬆，努力拋開紊亂的思緒，感受足下的顫動，靜聽叮叮的鈴聲在車蓋上回響。放慢步伐，不必時刻追趕速度，不必將日程表填得密密麻麻，偶爾放空留白，即使日子過得不那麼充實，也不為此感到自責，這是我畢生須要學習的課題。打開一本詩集，會發現頁面留白的地方有很多，被黑色字體掩蓋的部分，大概不足三分之一。但仍然有少數人樂意購買一本詩集，樂意乘搭一趟電車。它們無疑是落伍的事物，但我們都明白，它們有保留的必要。

感謝香港藝術發展局的資助，支持這項明顯虧本的出版計劃。謝謝陳永康老師賜序、陳志堅校長賜推薦語，讓詩集增色不少。謝謝編輯黎漢傑先生的幫助，知其不可為而為之。出版詩集後，我的創作板塊算是完整了，而這一輛頑固的電車，不知仍會駛往何方——順行，還是逆行。

第一輯

日子

我把郵票輕壓在潮濕的海綿
沾水，在日子裏風乾然後貼服
直至徹底遺忘

——《包裹》

思念

思念是一抹濃墨
稍一不慎，會錯誤濺潑
在衣袖的暗角，還長出手腳
牢牢抓住布料的纖維
玷污素白的情誼，刻意遮掩
不果，嘗試沾水擦拭
卻把黑色的墨跡越推越開
持續淡化的想念，只待時間
風乾，最後只剩下我
暗自介懷袖口那一抹
淺淺的陰影

鬱

偶然察覺生活與想像中的生活存在時差
來自好幾件不怎礙事的礙事堆疊而成，便
感到一種龐大的虛無在內臟滋長，恍惚
彷彿窗外驟然下降的小雨也足以擊破
這形狀朦朧的凝固在某一個瞬間的情緒
像一塊冷藏得咬不開的巧克力
膏狀的啫喱結霜，像眼見窗子墜落
玻璃碎片濺散一地，而我只能
倚著欄杆在停滯不前的時空裏焦躁
眨眨眼睛看清本相，在我的聽眾面前
佯裝觸摸到實際上沒有觸摸到的溫度

卻沒法解釋緣由，像情緒為何總是

那麼波動起伏，像秋天為何總會掀起

紫薇園的哀愁，像這行詩句為何要在這裏斷

句。

二〇一九年九月十八日，寫於情緒鬱悶的夜。

冷

寒冬清晨，我從厚厚的被窩

掏出上肢，便能觸碰到

身外冷漠的氣息

我抽了一口涼氣

努力撐直身子，推開

沉重的掩護與謊言

皮膚暴露於外的瞬間

已乾燥起皺如我們之間

逐漸萎縮的話題

早餐過後，我披上一件風衣

孤獨的雙襟由拉鍊牽強縫合

衣料廝磨，枯葉翻滾

哆嗦的聲音慢慢潛入深溝

我邁步越過防盜屏，進入圖書館

鬆開衣襟，扯開

魔術貼的藕斷絲連

從書架隨意勾出一本詩集

拉開一道薄薄的門，泅游

於前人建造的一片

温暖的水域

寫於二〇二三年冬至，天文台錄得本年最低氣溫八度。

包裹

那天我前往郵局，領取
一個包裹，簽收後才發現
寄件人和收件人同時寫上我的名字
箱頭筆跡粗糙，像稜角清晰的童年
帶點朦朧，顫顫的名字溜入
紙皮下暗藏的坑，悄悄落入
生活的軌道，在月曆的平行線上推移

直至指甲磨鈍了，我再沒法徒手
掀開紙皮箱。一節一節
推開界刀，刀鋒剖開封箱膠紙

我期待領取一些童稚的想像，泡泡紙
重重圍攏的歲月餘下蒼白，裏面
是用棉花栽種的綠豆芽，抑或
是生物課上壓出的一片葉標本？

未被擠破的泡泡，讓久遠寄來的情感
不至破碎，像記憶中的童年
一顆接一顆，輕易捏扁
一紙鼓脹的泡泡，我把時間
擱在地板上用力踐踏，傾聽
分秒如爆竹亂響，催促成長
成長後我學會擠破暗瘡
和虛空，擦拭血水和膿
臉頰留下淺淺的印，為了遮擋皮膚
嘴角便習慣掀起淡淡的弧

而指頭長出了厚繭，拆開包裹時
仍感鈍痛，才發現倒刺如雜草叢生
回憶不能挖掘太深，因為信箱淺窄
每天只能叼起一些數字，賬單
還有通知書，大廈又要更換密碼
四位數字在一個呵欠後重新組合

今天的我為明天的我寫下一首詩
把過大的情感屈折，悄悄放入信封裏
糊口，如我習慣糊上嘴巴
掏出一個兩元銀幣購買一張郵票
鋸齒的紋理尋常，像生活
讓反復跌宕的路繼續磨蝕意志
我把郵票輕壓在潮濕的海綿
沾水，在日子裏風乾然後貼服
直至徹底遺忘，哪天

我從淺窄的信箱收得一封掛號信

便前往郵局簽收一首詩

領取一紙萎頓的情緒

牛一

每年生日收到祝賀信息

我會沒頭沒腦地回一句

也祝你新年快樂

然後會想起

那些握著紅雞蛋取暖

看老爺電視直播

尖沙嘴藝人倒數的晚上

海旁的鐘樓，筆直

像立在蛋糕表面的蠟燭

紅色的蠟緩緩垂落

慢慢地流逝，結痂

在月餅鐵盒的鏽斑邊

上週平安夜的燈飾還未卸下

便開始張羅揮春和利是

血紅的傷口放涼的時候

茶枝啡黑色的歷練

便沖洗去奶油飽膩的想像

卻洗不清散落在牙縫

蛋黃分解出來的綿軟碎屑

寒冬走入商場，身上的包袱臃腫

攤開手掌，仍放著殷紅的温度

或許是未洗淨的蛋殼染料

回想碎殼黏著薄薄的衣

一扯而下的快感

渾圓雪白的軀體

在一個不經意的噴嚏中

滾到街邊不起眼的垃圾桶

裏面有整年日程表

遺忘的約定和無端的期待

然後我在生日寫下這首詩

也是今年的

最後一首詩

寫於二〇一八年十二月三十一日，我的牛一。

新年

夏天，烘得微暖的背包裏

偶爾會掏出一指黏稠的溶液

扁塌的金屬偽裝，擠出的巧克力

一兩隻蟻還有過分的甜膩。甜膩

掃不清舌頭上，黑瓜子殼

滾出乾燥鹹香的記憶

碎殼在全盒上堆疊成分秒

紅瓜子在嘴裏溜滑了一年，我仍未能

將其咬開，為著小塊乏味的生活

像信徒手中掰開的聖餅

像一片稀薄瘦削的肥皂

年廿八，我蹲坐浴室洗刷

背包反過來，線頭紊亂垂落

最後還是把污垢埋藏

在衣櫃，牀底，書架的縫

丟一枚金幣巧克力入錢箱的縫

然後在夏天，背包烘得微暖時

掏出一隻裹足不前的

蟻

洗牙

想像齒輪鑽進牙縫的深處

疼痛卻不能咬緊牙關

姑娘把吸管伸進我的口腔

抽走污垢、口水和血液

當第一滴淚滑下臉頰時

醫生温柔地問道：

還支撐得了嗎？喉嚨深處

一個音節混合血腥味勉強吐出

他便繼續

剔除年月的污垢，靜聽

金屬打磨，輸送管的氣流

為我吹來這數載的記憶
積累如頑固的牙石，如今
通通掃除與淨化，椅背上升
嗽口時凝視血水淌成小小的漩渦
捲入黑洞，我將輕盈的紙杯放回原位
忍不住用舌尖輕撫下顎的內壁
牙腳輪廓明晰如柱子，撐持
一段日子，可以預視
進食和留下污垢的循環
填滿牙肉的坑溝，卻無法預料
數載以後，牙齒又磨蝕幾分

寫於二〇二三年十一月二十七日

日光移動

炎夏天你登上巴士車廂

經過短短的樓梯拐往上層

總少不了要糾結

選擇左邊還是右邊的靠窗座位

才不致遭粗暴的日光烘曬

然而日照的方向善變

如人心，巴士前行才察覺

城市的街道不如你性情率直

繞道抑或迴旋，陽光便錯落在

汗水才剛風乾的手臂

座位轉換幾番以後，你開始明白

從上篩下的日照難以觸摸

便索性放棄窗外旖麗的風光

退到挨近走廊的座位

將背包擱在窗前，讓它承受

忽冷忽熱的痛楚

時光鏡

螢幕上的我向我招手時

我彷彿潛入一面昭示時間的鏡子

喚醒一個充氣的、淺薄的靈魂

像個泄氣後皮肉鬆弛的氣球

終在氣流的張力中撕裂，爆破

撒下幾分嘆息，在沙發上

我觀看多年前拍下的旅行影片

那時酷愛捧著錄影機，攝取

陽光和笑語，任由漫漫暑假烘焙

一個熾熱的我，映入瓷杯裏放涼

螢幕上的我大抵不曾想過

未來的我會是現在的模樣吧？假設
曾結緣的人不曾結緣，曾踏足的地方
不曾踏足，我一直為走過的路
撒下點點句號，像前往糖果屋
小徑上，留作記號的麵包屑
但不曾遭小鳥啄食——往動物園觀鳥
鐵籠裏高歌的生物至今更換幾番？
牠佔據影片的數秒時光，在不知誰的
震動的手腕中飛掠而過，而我
又佔據你們回憶的多少 GB 呢？
直至儲存空間不足，我按下刪除鍵
便看見沙發上的我困在鐵籠裏
向未來的我呼救

脊軌

治療室的燈光緩緩伸出
柔黃色的觸手，輕撫我
下班後勞損的身體，僵硬
源自習慣，像一支凝固劑
定型在錯誤的輪迴，脊椎
漸次傾側，偏移的軌道
誘使一列火車脫軌，闖入
孤獨的歧路

直達僻靜的深山時，我陷入了
淺眠，夢境混濁如高速行駛的火車

揚起了煙塵，姑娘輕聲叫喚

我，便感到身後的關節

一節一節，被溫柔地拉扯

重新修建的路軌，車輪將會嵌入

久違的常軌，我渴望成為

一個永不下車的旅客，安穩地穿越

前方悠長的年月，那看不透

數不清的隧道

寫於二〇二四年三月十五日，進行脊椎治療。

煩惱絲

我站在兩面

鏡子之間，看著

我，看著

數不盡的鏡子，看著

數不盡的我，看見

數不盡的鏡子

和一根初長成的

白髮，它習慣被遺忘

腦袋後方，這時

它面向我說：

你想得太多、太遠了

來吧，退後兩步

便再也看不見

我

第二輯

地景

我曾經在其中一個窗戶裏
糾結論文是否嚴密，期末考試
佔據生命的赤道，如今
我是鐵絲網外的看客，他們
已經遙遙落在記憶的遠處

——《數年後我踏上廣播道》

觀塘線

住在地鐵上蓋的小孩並不知道
調景嶺的前身是吊頸嶺
只聽忙碌的大人說吊頸也要透氣
於是舉家追逐油塘的落日，拍照打卡
凝止腥鹹的淚水，倒流進藍田的心坎
難以稀釋的鹽粒，像晶體折射出
觀塘重建後的面貌，塵土中
堅固的牛頭角抵擋推土機，卻抵擋不了
九龍灣河水日漸枯竭的事實，車房外
漂染的皂水泛起彩虹，虛幻
一如我們曾相信鑽石山蘊藏寶庫

黃大仙的祈願更像儀式，香燭燃盡後

樂富也被剝去了尖利的爪牙

眾生的願望，何時落入九龍塘別墅的院子

遺下石硤尾仍在陰影裏，哀悼

久遠的大火，被廢除的太子搖頭嘆息

眼看旺角人潮將歷史踐踏成屑，而明天

是無法預料的故事，於是他們紛紛走進

油麻地廟街占卜命運，或許

窺看到遷居何文田半山中產的餘生

或許趕往黃埔碼頭，等待

下一艘輪船靠岸，遠赴

時間沒法摧毀的異鄉

捷徑

—— 寫於裕民坊公共運輸交匯處設立後，旁邊的裕民坊公園

公園裏，老者零零散散

如落葉，自樹根的滋養中垂落

形狀規律的磚地，渠蓋子

遭踩踏時嘎啦作響

宣告疏鬆與疼痛

一如脆弱的關節凝止於石椅

鏡片滑落鼻尖了，老頭輕輕托上

緩緩翻閱報章如閱讀一本傳記

卻翻不出歷史與輝煌，它向他展露

今天的笑顏，另一老頭看膩了報紙

從左胸的口袋掏出手機

模仿年輕人滑起來，滑走一點時間

與虛空，掃著滑著

預設的藍色屏幕背景圖仍在，身邊

倥傯經過公園前往小巴站的路人

仍在，在捷徑中逗留的你們

仍在，看風中搖曳的葉，甚麼時候

再掉下一片

二〇二二年八月二十一日

零碳天地

午後在寧靜的公園呼喘片刻
圍繞四方是林立的商廈，還有
飯後害怕遲到徬徨疾走的打工仔
零碳天地有傾斜的太陽能上蓋
於陰翳的天色下蓄養寒風，值班保安員
在我走近時緩緩按動手機兩側
收斂遊戲的音效，大概正收割農作物
或挪動糖果，成功清空了一列
嘴角便沾上一點甜。一群小學生
隨疲倦的老師前來參觀，導賞員
架上麥克風呢喃環保的定義

面向聽眾，一面後退而不絆倒
我同樣習慣把麥克風扣上皮帶，只是
更習慣穿梭於街道，走了冤枉路
終究又拐回來，幾個年輕人
在户外圍成小圈，屈膝盤坐草地上
手提電腦擱在腿上進行研討，彷彿
寒風能喚起枯葉似的思緒，菠蘿腸仔
缺席，野餐墊子和四個角落的背包
缺席，旁邊有一枝弱小的樹幹
由三根竹竿扶持，築成帳幕的形狀
讓靈感和養分得到充分的睡眠
渴望有天能攀越彼端的旗桿，旗子
順著風向招搖，像小學生
握著派發的綠色單張，在風中搖曳
或渴望摺成紙飛機，擲上太陽能上蓋
逆風飛翔，直至多年後前來

贖回自己的足跡，他們的笑語漸遠

擋在旅遊巴門後，保安員返回崗位

讓屏幕悄悄把臉染上陽光，我踏出

影子染黑的地方，走向受光的長椅

坐下，椅面的木條磨蝕，木紋深淺分明

一塊枯葉清脆墜落兩根木條之間

的空隙，似墜仍未墜，擱淺

在日子的縫隙，風中片刻呼喘

寫於二〇二〇年一月十三日，九龍灣零碳天地。

數年後
我踏上廣播道

數年後我踏上廣播道

嗅著雨後的青鬱，踏上

斜度，緩緩延展至靜謐的

住宅區，豪庭輝煌

氣派閘門展開寬敞的懷抱

車輛以儒雅的姿態前移

唯有小巴無人乘坐急速行駛

遍地花冠踩成印象色塊

我挺著欲開未開的折骨傘
承受葉子上似墜未墜的水滴

時間尚早，我決定緩下腳步
才驚覺大學禮堂的十架
在我視野的水平線
學院建築佇立身下，那年

我曾經在其中一個窗户裏
糾結論文是否嚴密，期末考試
佔據生命的赤道，如今

我是鐵絲網外的看客，他們
已經遙遙落在記憶的遠處
我邁步前行，越過馬路時

又一個花冠落在腳旁，它滾落斜度

畫出未知的傷痕

二〇二二年三月二十五日，

首次前往廣播道香港電台大樓參與節目錄製。

繽紛夜

——夜繽紛下的廟街

隆冬之夜，他們用燈串

輕輕掛上你起皺的脖子

你感到些許痕癢，一聲咳嗽

唾沫便飛濺到外頭，欄杆

懸上簇新的箭嘴，指向你

一個繽紛的冬夜，不認識你的人

紛紛乘風而至，首次踏上你

濃妝豔抹的臉，她們

今夜瑟縮簷下，陰影裏

蟑螂被潑出的熱水驅逐，大排檔

濕布在摺桌表面繞圈，擰出的污水
溜進渠蓋傾斜的縫

煙蒂的火光也被掃去了
小販披上豔麗的衣裳，掩蓋
鈕扣後破孔的背心，白天
鐵枝和瓦通板築起沉默的城市
的士也在沉睡，傍晚
五時交更後，他們不曾想過
燈火如此猖獗，你身上
他們停駐的目光難以挪動
如瓦煲內的飯焦，必須用指頭
施力，手握湯匙努力刮除
燈柱未及清理的尋人啟事
通渠王街招和放租的通知
塗上灰漆，遮掩赤條條的你

劏房仍未出租，雙面膠便將指頭
黏成纏綿的愛侶，接吻

在光芒無法觸及的後巷，黴菌
與陰影不斷滋長，他們只管
啖食咖喱魚蛋，與賣唐裝大叔議價
霓虹光管閃閃發亮，當鋪
未贖回的腕錶默默在報時，秒針
移動的聲音融進歌廳與雀館
最終他們都聚攏牌坊下留影
嘴角上揚，臉頰的一滴咖喱漬
陷入酒窩，再次消隱

陰影裏，榕樹氣根是無數根指頭
遮擋後方的廟宇，它
只能沉默凝視華麗的你

而你感慨，今夜新衣並不稱身
刺繡紅袍的鈕扣後，仍有
挑不去的刺青紋身，唐樓
沿樓梯向上走，會聽見
傷口與牀架同在呻吟

北角碼頭

這天我在北角海旁的椅子寫詩

身後樹幹為我擋去週六的陽光

海風前那麼和煦，那麼熱鬧

像身前一雙雙走過的情侶，或夫婦

牽著手，或把手擱在對方臂彎的洞口

兩個外傭跟我分坐一張椅子，但我

無從得知他們是否在竊語我的存在

手機鏡頭對準我的臉，她們在後方自拍

高舉電話與遠方親友視頻

那距離定必比眼前的海岸遙遠多吧

對岸有鮮豔的紅盒子，中央留洞的商廈

鯨魚一樣擱淺的啟德郵輪碼頭
那都是我熟悉的地方，卻沒法眺看到
我的家，數隻海鷗低飛
回家，倘若橋下陰影算是牠們的家
展開的羽翼割斷我的聯想，輪船
在粼光閃閃的海面拖沓，吐出
白色泡沫，船身還未褪去墨綠色舊衣
像個移動的郵箱，招搖卻緩慢的電車
彷彿萬物都以顏色區分意義，那麼
就讓烈日把這個海旁鑲上金色，替行人
拉出長長的影子，讓拖著手的人
纏綿交疊，於是我再次想起那個人
便發出一個信息問候，重回備忘錄
便又失去了寫詩的心情，好像所謂靈感
不過是隻頑皮的狗，稍一鬆帶便躍出欄杆

墜入水中，還沒掙扎便沉沒

我只好發掘獨處的樂趣，與走過的路人

以陌生的眼神交流，思索他們的故事

和關係，牽著手過路的人越來越多了

我還未聽懂外傭的說話，她架上墨鏡

向另一個她展示一張有趣的圖片，她

咧嘴大笑，褐色稻草叢裏綻開一朵

紅豔的花

二〇一九年十一月九日，寫於北角碼頭。

悲情城市

這天踏入城市的邊陲，日與夜
夜與霧，霧緩緩攀上眼鏡
聚合成珠，噴水池濺起水花
迎來初春的微濕，他們說
悲情的故事在此發酵，沒有看見
樹下幼苗掙扎存活，只有
社交媒體上流傳的影片，老伯
面目模糊，扭動他不再年輕的身軀
身旁大媽維持曼妙舞姿，竭力
從失衡中舞動出節拍。紙扇揚開
扇後他輕觸她鬆弛下塌的乳房

像握住了往昔，唯獨我
聽不見舞動的旋律，節奏
隨輕鐵穩健的前進和緩
學生沿跑步徑散步，路經小平地
赤膊中年漢練習單槓，著地時
與迎面的主婦寒暄，她
手持紅膠袋，滿足地笑，袋裏
廉價的海魚在撲騰

二〇二一年三月八日寫於天水圍公園。

棧道

沿棧道我們拾級而上，而下
遊人絡繹憑欄杆眺望彼岸
蜷伏梯間來一張低炒，瀑布
拍擊頑石再濺起水花，氤氳中
我們注視足下的階梯，稜角不一
或青苔蔓生，稍一顧看風景便滑倒
聲音迴響於峽谷，其他行人
走得更謹慎，握著欄杆
回眸

前方是乳洞，沒有燈和陽光

只有水的聲音，岩石默默滴水

如我們習慣在黑夜中淌淚，再上路

踏出洞穴微笑便按進了快門

遠離瀑布後仍有水滴落，原來是雨

路仍得走下去，日子是石間的縫

不透光，索橋隨雨和風哆嗦

瑟縮的肩頭上沒能挑起甚麼，但我們

仍得走下去，環繞峽谷一周

棧道越來越窄，前方的出口還是

入口，腳掌承受生活的乏力

我也嚮往遊客折返後手裏的

珍珠奶茶，在酒店牀上

一口一口，一級一級石梯

拋在身後，吸啜汗水與疲勞

珍珠不過是無益的橡膠，而棧道
不過是自行選擇的路，經歷
水汽、霧靄和淚，雨勢減弱
我們篩掉雨傘篷上
過多善感的水珠，把傘收疊
然後從入口乘升降機回地面
彷彿生命裏某些零件
也隨足下的地板昇華

二〇一九年六月十六日，寫於貴州興義市皇冠酒店。
正在牀上享受一天疲累後的恬靜。

公車

我從這簡陋的車站撿拾

那沙塵混合石油的氣味

四個茫然迷途者輾轉於石壆邊緣

滴滴、白牌和計程車，回程的盼望

滲入砂鍋粥店潑出的一盤污水

在溝渠流逝。幾個女生站在我們旁邊

靜候公車，摩托車駛過時

耳機便鑽入耳孔更深的地方

家人弓著腰挑選她們的臉如

挑選卜蜂超市難辨真偽的茶葉

汕頭零碎的街燈在一列車頭燈前收斂

晃著睡意的腦袋利用鏡片勉強聚焦

粗疏的國語尾音降落女生

向朦朧的站牌比劃的手指

盼望的公車終於靠站了

走遠了的家人匆匆從對街跑回來

上了車呼喘才在膠椅子上棲息

我們從錢包恰好能擠出八塊錢

後面乘客拿著手機掃二維碼目光又掃過

凋零的錢箱，我們那卷

青苔綠色的一元鈔票靜靜捲曲著

剪皺了額頭的司機便把公車

駛向酒店，那安心的座標

二〇一九年五月十二日，寫於潮陽往香港的回程高鐵上。

第三輯

聚餐

竹筷撩動時，夾起一撮烏冬
還有一枚生澀的，未了的心事
連同結霜的牛肉一併投進熱鍋裏

——《團年火鍋》

煲

我提前抵達聚會的地點，踏入酒家
開一壺普洱，又想你們會否
不喝太濃的茶？於是多叫一壺香片
想像花香籠罩你們熟悉的語句，未知
童音是否已經散去。我在小兜子沖洗碗筷
學習醞釀一種情緒，沸水沿湯匙濺起
幾點熱情，高個子酒杯起霧了
預示一個沒有乾杯的夜，再分發餐具
到幾張空蕩蕩的椅子前，回憶
你們之間親疏的距離，構想你們各人
將選擇的位置，如那些渺然的歲月裏

圍攏座位表前，爭相寫下自己的名字

最後還是分發到教室最後一排的座椅
班主任叮囑個子高的我，學習用宏觀視野
飽覽世界，我點頭卻沒有澄清自己
不過是桌布上的酒杯子，稍遭生活碰擊
便破成碎片，不能盛載紅酒
為我抹上一臉糊塗醉意。你們
按照我想像的次序到來，逐一填塞座位
一如腦裏的排列，空置的座位
在旁邊，我以上菜為由將背包放上
菜牌豎立我們之間，築成距離

你們脫下外套，生活的抱怨掛在椅背晾乾
我為你們洗滌好的餐具已陳列桌上
湯匙殘餘的水滴變涼，筷子座擱著

我為你們放置的笑容弧度，像週五課後
交換一個眼神或詭秘的笑，期待明天——
明天將會是怎樣的日子？你們説講究意頭的
八十八元水煮菜似乎不太划算，生炒骨
把世界染得過於絢爛，還是啫啫煲
能產生多點聲音，使席間偶爾的沉寂
有一個逃生出口，讓熱煲消融我們一年
聯繫疏落的隔閡。遠在西環工作的他
尚未到來，我們叮囑上菜的員工
別過早掀開塑膠蓋子，記憶的餘温
才不至消散

於是你們談論各自的近況，我努力想像
你們把稚氣的臉帶進辦公室，玻璃屏風
讓縱橫交錯的目光穿插你們稀薄的身體
像肥皂劇演員，潛入茶水間悄悄討論

上司的情人，掀開紙蓋迅速泡軟
杯麵和偏執難馴的個性。你們口中
撒落專業的術語，如碟子上吐出
京都骨過硬的軟骨，我啃咬不果
只好偷偷匿藏碗子的陰影裏，容讓黑夜
掩飾一副殘骸，再執起筷子
錯誤的姿勢養成習慣了不再糾正
像我不想加插自己的聲音，嚥下
糜爛的食物和疑問，飲烏黑的茶
再往煲裏挑一些沉澱底部的碎屑
一撮粉絲，一條放涼了的菜莖
咀嚼殘留煲底的回憶，直至
啫啫煲冷卻，我們回復沉默

本詩獲二〇二〇年中文文學創作獎新詩組亞軍

舊同事飯局

我將籌號紙捲摺的時候，你們
久違的臉孔從扶手電梯而下
臉上微妙的變化，由遠
至近，記憶漸見清晰，我們
寒暄問好，儼如昨天仍碰面
餐廳門前的螢幕，數字久未跳動
像薪酬，然後漸漸厭倦等候
於是我將籌號紙揉成紙球，另覓
一處安穩的落腳地

我們的近況盛在雪白的瓷碟

一一端上餐桌，與人共享
熟悉的音容把我喚醒，自一個
悠長的夢，一個闊別了的自己
與當下的自己瞬間縫合，那些
擋在屏風後的聽聞，困鎖
在樓梯轉角位的抱怨，工作的碎屑
如炸醬濺出碟子的外緣，像我
當日執意離開，躍進另一碟菜，你們
是否曾介懷我的辭別？

然而，這道菜的味道終究不同
無所謂好壞，謀生、進食
僅為了充飢，我嘗試夾取碟中
不同的酸甜苦辣，你們說
畢竟我還年輕，其實早已厭倦
漂泊，厭倦生活周遭的臉孔

如節慶的燈泡明明滅滅，話題
被侍應生遞上的帳單撲滅，他收取飲料
和未吃完的食物，如上司的來訊
敦促用餐時間有限，空間也有限
門外人龍依舊，手握號碼籌，我知道
短聚的地方很快便要歸還

於是我們同路前往地鐵站
沿途繼續播下嘆息的種子，如寫下
綿長不休的省略號，未及發芽
已趕在月台揮手道別，餘下的人
踏入車廂，在顛簸的途中緊握扶手
橙色燈泡移動，轉車或切線
彼此背向前行，回復
一個人的路途，閘門敞開
再合上，高速前行的列車

不容我們回眸細看瑣碎的感情

我雙手伸進褲袋裏取暖，撫平了

那張揉皺的紙球

二〇二四年一月二十七日

團年火鍋

除夕夜吃團年火鍋，我們圍聚
鐵鍋旁邊，靜看鍋中平靜的水
不平靜，煮滾後沸騰，家人的面容
在肉丸和蟹柳的纏綿間隱現
竹筷撩動時，夾起一撮烏冬
還有一枚生澀的，未了的心事
連同結霜的牛肉一併投進熱鍋裏

我們圍爐等待，漸漸學會鑑別顏色
與生熟，你沒想到鮮豔的紅肉
很快會煮成沉默的灰，疏落的聯繫

在牙齒廝磨間輕易割斷，你也沒想到
矜持的扇貝願意張開嘴巴，向你
吐露心事，話語裏摻雜碎沙
而不管親近與疏離，我們
仍要懂得默默地，獨自低頭
進食，習慣沒有陪伴的咀嚼
讓失蹤的魚皮餃繼續沉沒，消失
在漸次渾濁的湯水裏

撈起零星肉末後，我們阻止不了祖輩
堅持將濁湯包妥，存放雪櫃，留待
翌日熬成湯底繼續享用，他們說
濁湯入味，匯聚各種食材的精華
鮮味像歷練要仔細品嚐，要跨越

年關，年復年，明天再起今夜的爐灶

重複往年的錯誤與儀式，直至

渣滓沉積鍋底，頑固的污漬

如執念難以擦拭，便只好

緊了緊手腕，端起冷卻的火鍋

將一年的歲月存放隔層裏收藏

待哪天再透爐，回味箇中的酸楚

寫於二〇二四年二月十日，農曆年初一。

藏

飯後，我們如常對坐，呷各自的飲料
一杯濃滑奶茶，一杯熱檸檬水
我希望能越過桌子，伸手替你
撫平頭上無端翹起的一撮髮絲
它帶著小鉤的弧度，像手指屈曲的關節
招引我走進你的國度，縱然
飯後的眼簾疲塌，我仍樂意凝視你
鏡片後方，兩顆隱藏的鼻托
晶瑩的硬膠，舒適地箕踞你的鼻梁
如我躺臥在你展開的一席話題上

卻永遠沒法跨越陡峭的斜路

潛入鏡片，攀上眉心

走進你的眼簾

湯

熱湯的表面

倒映你平靜的臉

我輕輕伸出勺子

側著湯匙，輕輕撈起

兩羹泛油的湯水進

瓷碗，微微凹陷的弧

足以承托一片私心，卻畏懼

激起漣漪，搗碎靜好的湖面

於是強行嚥下

幾縷白煙，燃起膽量

快要溢出嘴唇的邊防，卻見你

僵冷的神色，是此刻

最佳的滅火筒

妒

凝視餐桌上兩個寬口大碗

盛載通粉吃盡後的一瓢濁湯

冷卻，我們的對話

由托盤的邊緣切割成

兩面無言的海峽，你羨慕

方正的托盤承托我的生計

即使意外撞倒湯碗也不致瀉溢

而燙傷皮膚，可未曾看見我

長袖下滿是癒合的水泡

無人知曉的魅影，恍惚

光線和話題被旋轉的吊扇

削得碎散，侍應前來收取餐具

拈起抹嘴的紙巾，隨手丟進濁湯裏

遇水化開，想像一朵白花盛放

飲料仍未喝光便被收取

放棄挽留，才驚覺我原來

已慢慢到達了一個

不欲辯解的年齡

第四輯

我城

蹲著的老人抬起頭，瞇著眼
一臉的深褐讓我估算他的歷史
鳥籠裏的鳥躍上木棍子，盪起鞦韆
地上的麻雀啄食地磚的縫

——《斜坡》

斜坡

鐵線衣架扣入綿密傾斜的菱形
寬身的桃紅大衣自鐵絲網垂下
飄揚，蒸發在冬日和暖的午陽
擋去球場裏孩子嫣紅的臉頰
老人蹲在地上和一個老人議價
圍繞幾本缺乏重量和封面的龍虎門
充電線纏成一盤，還有
開心樂園餐玩具
龍蛇馬羊年利是封

色情光碟靜靜躺在一旁

赤裸的背照出彎彎的彩虹

我曾渴望在那個亭子裏寫一首詩

在那年炎熱的夏日，逃避冰冷的喝令

下方是配水庫球場，迷彩軍裝印滿迷茫的斑點

不協調步操擠出地上點點深綠色水印

我伸出舌頭，蹬起皮靴裏勒住的腳跟

承托飲水機拋下的水柱，然後

匿身於繩網鬆塌的龍門，躲避陽光

卻躲不開圈圈深邃的鏡頭

父親在斜坡上聚焦，站在鐵絲網外

手握攝影機，記錄兒子成長的步調

我渴望沿著斜坡向上走

握著父親的手，探知視野被遮蔽的可能

彷彿在夢中一個漆黑的深海
掙扎上游

我踏出市政大樓，掌心握著冷氣的温度
自修室偶爾的瑣語，還有
拉鍊滑落和倒抽鼻水的聲音
從斜坡的地攤子我撿起攝錄機
想像裏面記錄由無數個現在
建構成的過去
蹲著的老人抬起頭，瞇著眼
一臉的深褐讓我估算他的歷史
鳥籠裏的鳥躍上木棍子，盪起鞦韆
地上的麻雀啄食地磚的縫
靚仔，部機仲新正，一舊水益你！——

前面是藍田北巴士總站

軍綠色記憶墜落到一所國際學校

這裏前身是聖言中學，現在

黑白黃色的孩子自樓梯兩面

傾瀉而下。分解

又聚合，連綿如沙漏

交通指揮員穿上青色熒光衣

撥動手掌，驅趕著時間

把羊兒趕進了斜坡，一條名校的後巷

一位年輕教師曾在此

墜落而喪失靈魂

巴士關掉引擎

司機雕塑一樣莊嚴，沉默

在上層一個後排的靠窗座位

臉上浮現淡淡綠光，似沉睡的乘客

到達總站仍未下車，被忽略地存在著

像雨後，從上層座位才能看見的

車站上蓋的碎葉和水窪，靜待陽光

層層蒸發，水印的圈逐漸縮小

晾曬時間

在長凳上等待瞳孔的光圈稀釋

旁邊長期放著一輛手推車

堆放著紙皮箱和不知誰的生活

上面有鮮橙的圖案，而我看出尿臊的味道

透明的篷打落一聲清脆的乳白色鳥糞

籠裏的鳥扯著嗓，麻雀飛來啄食糞便

旁邊公廁仍有未沖去的糞跡

彷彿為誰留下印記，像廁格門後

乾透的塗改液同時遺下髒話

和不明電話號碼

巴士在總站短暫停留

每行列卻染上一道工整的紋身

如黑白琴鍵，音樂盒滾筒凸出的金屬點

迷彩行列中，我還未能聽懂歌曲的韻律

現在看過斜坡上的風景，卻仍未能

把廁格的門關緊。我踏起腳跟

用盡指尖的力量抵禦入侵

本應平放的膠塞鬆動，如沙發上的父親

垂放酸軟乏力的手臂，抬不起攝影機

錄影帶是過去的產物

還有龍虎門，利是封上的生肖循環更替

孩子沿斜坡走進球場

球場地上的紅和綠，已然染成

一片屬於黃昏的橘黃

上午寶礦力留下的水印已在下午風乾

冰涼的水自側著臉的嘴角流走

飲水機的洞口便吞噬了

一個落日，和一灘

流竄的記憶

本詩獲第十屆大學文學獎新詩組冠軍

途

紙巾抹過嘴巴後對摺幾番

微張開的厚度鐫刻了奶茶的故事

餐紙蕩出一片油的軌跡

還有茄醬繚繞的吻

落地窗外，一件風衣飄動對街的陽台

袖子在廢氣與油煙中擺舞

電車的纜索貼著窗沿緩緩移開去

我看見一塊鐵皮駛向無邊的總站

上午，我仍靠在巴士上層眺望路人

如那個晚上，車上填滿疲憊的靈魂

唯一空了的座位，窗子被廣告蒙黑
候車的人瞻仰明星的美顏，而我在後方
勉強聚焦，街燈越過綿密的黑點
安撫我長久劇痛的頭顱
偶有縱身下車的故人樂意回頭
向我，或我臉上的明星，招手
可是他們更多消隱於髮叢

於是座位把我推前，然後想起
那些夜裏，在惠州的車上
孤僻的我如窗外疏離的街燈
甚麼時候醒來還合著眼聽喋喋的瑣語
含著喉嚨的乾燥又昏昏睡去
母親從中途站買來茶葉蛋和玉米
我握著自己的一根，由上而下
一顆一顆，扭出白光和黑影

打發時間，像童年候車時

用小小的白飯魚與街磚比大小

渴望有一天能追趕上尺寸

接過外婆的雞尾包，仰望車上的人

直至舌頭有點寡苦才察覺自己

忘記撕走包腹的紙，下次便故作聰明

撕去糯米紙才把大白兔糖放進嘴

那天我在一間地庫麥當勞

摺疊自己，翻開多年前的日記

感受腳趾與鞋頭的纏綿

鄰桌孩子還未完成比賽

便高舉紙袋如獎盃不住搖滾

我憑著上方魯莽的皺褶和

泡得化開的文字俯瞰走過的路

手機地圖顯示最後一位友人

下車的位置，靠站的時候

我瘦削的肩隨著單薄的椅顫抖

記憶細節的像素越來越模糊

只記得拔出的玉米，一顆一顆

抖落了很多白天和黑夜

玉米和牛油用膠羹拌了兩下，才伸進

孩子微張的嘴巴

我沿著樓梯回到地面，陽台的風衣始終招展

磚塊崎嶇不平，城市掘了一個個破洞

時間的水管暴露日光底下

幾個沾塵的頭盔冒出泥土，高舉鏟子

挖出更多零碎的片段

夕照

夕照穿過大廈的夾縫
對街的路人都染了光，綠燈閃爍
便停下來，或踩著碎步急急走過
駐足迴旋樓梯時，便想起童年
黃昏，消耗在迴旋梯深邃的洞
仰望，幻想何時踏足天國
的階梯。卻未曾想過要
踏足大廈的平台，課後總有
孩子奔跑，笑聲沿梯迴旋而下
躍進水池，蕩起輕快的餘波
而池已然枯萎，池底

石卵乾燥起沙，彷彿等候雨
和風濕起繭的腳掌將其
踐踏，刺激遲鈍的經絡
水管便昂然勃起，擎立乾涸的池
顯得更高了，但泉水還未噴湧

向晚的公共屋邨最適合寫詩
只當蚊子沒有吹脹指骨的縫
惠康職員沒有從收銀處推出
一隊購物車，蠕動入口睡眠
輪子在起伏的地磚擊出碰響
樓上更多的鐵閘關上，鐵片鏗鏘
裏面的老人又沉默了一天，終究
願意開燈，疑慮驅散
如冷氣把一室温熱排泄，窗外
夕照也朝迴旋梯向下走，火光虛弱

蚊香始終蜿蜒，大廈外牆的方格

逐一點亮，偶有黑暗的漏孔

哀悼脫落的牙齒，螢火蟲

潛入信箱，褪色的樓層編號

放光，照亮

許多個廉價的故事

扶手電梯下的咖啡室

用數十塊錢購買商場片刻的寧靜
拿鐵咖啡凝住，濃稠的泡沫
讓木棒穿進去攪動時
指尖能感受到輕微的阻力，便想到那年
徘徊於固態和液態的情緒

餐盤托著難以飽腹的點心
我陷入商場扶手電梯的陰影裏
將時間和記憶輕嚥細嚼，梯上的人
緩緩上升，碰杯聲蓋過孤獨的呢喃

飯後潛入戲院，趕在燈光熄滅前

躲避日照和風雨

後來杯子的外緣烙印我下唇的輪廓

接吻在苦澀中完成，輕擦嘴角

便急於在紙袋寫下詩的草稿

像暈浪的人，張開袋口猛然嘔吐

褐色淺薄的歲月承載了

一坨沉重、髒亂的文字

而我終歸步出了扶手電梯的陰影

生活的階梯如常疊合與伸展，日子如常

運作，咖啡在蒸汽裏霧化，紙袋摺疊

抹嘴的紙巾揉成紙球棄置在旁

臨走前，我取了一杯暖水，嗽口

順道嚥下一個如此清澈的日子

書店

（一）遺作

亞加力托架上，逝者的遺作
兜售，在書店門前的豬肉桌
限量簽名本張開首頁宣示更高身價
生者的書壓在更低的位置，書脊
微微睜開耽視的眼睛，等候
不知是否值得期待的那天來臨

（二）童書

女孩走向童書區，閃亮的眼睛巡遊
精裝硬皮童書封面，小小的五指

才剛翻開厚卡紙封面，緩緩陷進
夢想童話世界時，不遠處的中年母親
忽然叫走了她，哎呀！這種書無益
買多幾本補充練習好過啦！她忙著比較
檢視兩本小六數學題的難易
女孩囁嚅：媽媽，我才四年級呢……

（三）老人

當武俠小說的書角被屈折時
老人正在舔指頭，再往書角按下手印
揭頁，發黃的書側大抵藏了不少基因
坐在唯一的座椅，打書釘的老人
也是唯一，閱讀金庸小說但從不買書
只圖封面沒有嵌入硬皮，比圖書館的
容易拿在掌中閱讀，方便他把餘生

棄置書店一角，把時間拋擲

捲曲成書頁的浪紋

（四）書榜

本月暢銷書籍附在牆壁攀爬

榜首三甲放置近天花處，領受

射燈的冠冕：沖繩旅遊達人

Minecraft 秘笈、如何提升抗壓力

危險人物那些詭秘的眼睛凝視著我

心寒，幸好還有城南舊事，但很可能

是書單指定的藥方，我漸漸

低下頭來，注視足下的現實，學習

體諒這座城市不需要詩歌

留白的一天

烏雲蓋頂的陰天

我趕在第一聲雷鳴響起之前

潛入中央圖書館

趨近高層的白光燈

像拍動透明羽翅的飛蛾

沿扶手電梯一層一層迴旋而上

放棄與子彈升降機比拼速度

期間眼睛掠過多彩的童書

濃郁的港聞和滿載心事的字典

最終還是用食指勾出一本詩集

書脊纖薄容不下索書號

意圖掙脫世界的標籤

翻開字數極少的內頁

我哄騙自己想像

烏雲只有寥寥數片

留白的地方尚有一片晴天

便再也聽不見

窗外雷聲不斷

樂園

下午，樂園浸泡在一室橘黃
叮咚叮咚敲響商場的眼角
女學生省下的飯錢兌換成代幣
揮灑願望，錢幣疏於歇息
淨院池水倒映着淺淺的彩虹
曾撞擊龜殼的角子已爬滿青苔
與紅漆刻上的壽字輝映，然後沉澱
黑色弧線的中間，不偏不倚
不帶笑意的職員鏟走擲界的青春
老婦人掃走一亭子落葉，然後搖鈴
鈴鐺惹來小孩和情侶欣羨的目光

他們目睹女學生展開雙臂

擁抱娃娃，卻同時訝異

淺粉紅色的傻豹竟橘紅如落日

誰都無暇注視膠板後暗藏

光管為一列符號抹上異國胭脂

不能扭動更多語義，爆谷棉花糖

膠袋的銅香，香爐的灰

老伯的手按著透明屏

像小解面對尿盆時手靠牆而站

機器嚥下代幣，吐出獎劵

紅色編碼順序排泄在地板

適時拐彎，整齊堆疊

袋裏兩個凋零的代幣

一息暢快在螺絲交錯的隙縫裏彈跳

然後錯誤墜落收縮的舌頭，舌頭
乾旱成裂紋，射燈下一張一縮
水漲水退，難免起落數番——
僧人呢喃蓋不住一聲響亮的髒話

機器動搖一下，筒子跌下一支籤
一枚金幣從舌尖
滑落到下層
卻把最遙遠的那個
推落深淵

歲晚新衣

賀年歌曲將歡騰劃破靜謐
為早晨的虛空帶來一點光
與盼望，彷彿久遠的鑼鼓
秋官和阿姐未顯老態的歌聲
尚能驅散天際的煙霧

我坐在未開店的食肆門前，輪候
下一句莫名的句子。眼前 G2000
開業，大閘隨天花軌道捲曲
疊合，賀年曲交疊歲晚促銷的宣傳
必是一把動聽的女音，銷售男士服裝

深藍領帶筆直，懸掛在淺藍色襯衣
配襯海水與藍天的想像，衣領
讓膠圈推得高挺，鈕子扣著的價錢牌
黃色貼紙旁邊保留白色貼紙
價錢更低，標榜著隱喻：
新一年將會變得更好

大概能預想在新的一年
襯衣的領口位置冒出劇痛的頭顱
因過度推銷而發炎的脖子脹痛
擋去標籤上的 S、M、L
你身上的 XL，也隨著生活
撐得寬鬆，於歲晚再購一套新衣
展示買保險的顧客面前，繼續推銷
生命的變數和傷患，舊年的衣服
在風雨和拉扯下起皺，鈕扣斷線

露出汗斑斑的背心，羞於示人的
身體輪廓，日子終究使你消瘦

便買小一個碼，店裏職員露出
如模特兒素白的臉，她把疊起的新衣
逐一掀開，又摺疊，工作的痕跡
如生活的摺痕漸次深刻。西褲
買回家後你用熨斗沿褲骨燙平
讓褲腳在痠痛的腳腕處輕晃一年
待明年歲晚，褲子磨得光白時
再前來購買一套新衣

外遊鳥

被幽禁的鳥群像棋子

當時間骰子投擲到

棋盤串連紅色的幾格

便是解放的時候，牠們

收拾行囊後雀躍展翅

擠出邊境追逐異鄉的

月色，讓流光洗滌疲倦的羽翼

未及叼起瑰麗的碎片便又

趕及紅格子的盡頭

歸返，自動投懷

漆黑的鳥籠，幽禁歲月中遙想

遠方紅日一天天移近

二〇二四年四月一日，四天復活長假期將近結束。

不成氣候

氣象圖的色塊

徐徐扭曲成深海的漩渦

捲走幾許思念，又吹散了

假日出遊的夢

一場擦肩而過的颱風，輕輕地

吹起你的髮際，一面的緣分

瞬間便又錯落彼此身後

疊合後分離恍若不曾觸及

季候風盤旋城市的外圍

像委婉的話輕掠過杯子的外緣

在瓷白的崖岸遺留唇印與茶漬

是你辛苦經營的試探嗎

落地玻璃窗過早貼滿了十字膠紙

嚴禁闖入禁地，觀望溫柔的距離

心潮持續拍岸，濺起的浪花

漸歸於平靜，看浪的人失望而回

你結帳後離開餐館

聽沿途的路人惋惜地說

這場颱風肯定打不成

第五輯

東西

反復沖泡，杯底零碎的果核
隨鐵匙旋進水渦，鹹水
淡卻，思念仍未靜止

——《鹹柑橘》

糖蔥餅

一紙薄膜輕若文字

包覆著

無法宣之於口的甜膩

你輕咬一口糖蔥餅

椰絲急於飄散如漫天雪花

我想像與你在雪地上共舞

便慢慢掀起白色的麵皮像

拉起一張偌大的棉被，窺探

深處的柔情蜜意，而你

在虎嚥之間，錯誤咬到

紙袋一角，卻說苦寡

石斛

藥用植物，性味甘淡微鹹，寒，歸胃、腎，肺經。益胃生津，滋陰清熱。

舊年從貴州把你買回來，沒想過
那天導遊在車頭的歌頌會成為今天
保健廣告的標題，旅遊巴傳閱時
眾多的你在罐子裏顫顫的搖滾
內斂推翻著彼此，身體捲曲的顆粒
像一團金線捆綁僅餘的理想，藉車窗
滲透隱晦的光，待水把你浸泡成金箔

回港後我把你擱在雪櫃封藏

大半年來的剩菜和飲料把你越推越深

背靠橘色燈箱的內層，僵冷的你

是否對世界仍抱希望？只有母親

堅持沖泡的習慣，杯底縱然昏暗

狹小的空間裏你終究舒展開來

像驕傲的蟲，順著傾側的水流蠕動

我蠕動到廚房拉開雪櫃，抓起

顆粒，保温瓶深處盪起金屬的迴響

腰纏萬貫的你還聒噪著甚麼呢？

當你重拾對世界的信任，莖蒂

不再忸怩，鬆弛緊繃的情緒

終會洗淡鐵鏽腥味，嚐到

一口平凡的甘甜

鹹柑橘

你將它放在鋅盤中，讓自來水
填充玻璃的虛幻，你知道
柑橘蜜黏附內壁，頑固的甜膩
一時不能拭去，需時浸泡
洗滌，淡忘，你扭上蓋子
遺憾醃在罐裏發酵，封存
調味架角落，渴望疏忽
靜待品嚐其餘的況味

再掀開蓋子的時候
已逾數年，保鮮紙下滲出

如鐵打酒剛烈的氣息，你用筷子頭

謹慎夾起一枚果實，在暖水蕩開

用筷子戳得糜爛，我沒法舔舐

依附嘴角的蜜餞，疏通

堵塞喉頭的語句

反復沖泡，杯底零碎的果核

隨鐵匙旋進水渦，鹹水

淡卻，思念仍未靜止

花生

他們說吃花生容易上火，那麼
它並不適合焦躁的人如我，或許
只能淪為我們之間的隱喻
沉默而不動聲色，破開一道縫
揚起一星塵埃，後復歸於沉默
像你的湖泊那迅速消隱的漣漪圈
平靜，或蕩出一句乾燥的陳述
而我像盤旋水面的蜻蜓，試探水温
尾巴點進湖泊中，一點一點
有必要過度繁殖嗎？花生殼
如複雜的線路盤纏，臂部

翹起，像身形浮凸的少婦

懷孕，十個月的時間

足夠磨損為人母親的希冀

直至摁出了兩三顆棕色果實

燥熱的我仍不忘固執

衣服纖薄經不起時間的琢磨

剝落，白色心臟滾到湖邊

遇水後變軟——想像一頭無殼的龜

沿湖邊散步，羞恥地

匍匐，最終帶著遺憾死去

在岩石的陰影下，吃花生的

旁觀者帶著冷眼，肆意旁觀

或撿起石塊，扔擲屍體

如《聖經》故事裏的罪人，我

把一顆花生破開兩面，內殼

光潔，各自寫上我們的名字

放在湖面，如輕舟，盛載

一瓢沒法傳遞的心思

紙巾套

公園的長椅上，我發現了
你，雪白的內臟被悉數掏走

那個奪去你心腹的人兒
隨手丟棄了你，體重驟降
輕得再承受不了風的重量
微微塌陷的臉頰，仍張開封口
伸出臂彎，渴望擁抱，卻只能
躲藏，褲袋深處，隔著薄布
感受他大腿的顫動和溫度

曾為他拭過眼淚，餐後

曾替他揩抹過嘴角醬汁的人兒，耗盡你

全數關懷以後，竟將你捨棄

長椅的角落，螞蟻進出你虛弱的軀體

誰樂意傾聽你被掏空的理由？

日子乾燥，溫潤的往昔

反芻然後蒸發，從沒有人考慮

要為你抽淨胸腔嗛下的淚

於是我順著椅面的木紋，以療傷的手勢

慢慢地，輕輕地壓下你

封口位置那枚尚有黏力的貼紙

那片薄弱的，對世界僅餘的牽掛

仍殘留他淺淺的指紋，你的指頭

便牢牢挽著懸崖的

邊緣，才不至

隨風飄走

扭蛋

甚麼時候，投幣逐漸成為
一種古老的儀式。我忽然懷念
那年踮起腳跟，向文具店收銀台
慵懶的店主唱錢，贖來的銀幣
逐一投進那道奧秘的夾縫
我能聽見遙遠的他方，銀幣墜落
碰撞時發出金屬的聲音，還有
把手旋動，咯咯咯咯，扭蛋機內
球體俯仰如冷飲的冰塊
探進洞口，掏出和打開

膠囊，裹藏一個熾熱的夢

冷卻的願望

甚麼時候，扭蛋機

穿上了統一的制服，移師

商場的大堂，工整列陣

像童軍，操場早會的孩子

曾經投幣的夾縫，學歷的缺陷

逐一被填平，黑板換成智能觸屏後

紅色電子數字顯示高昂的價格

大近視孩子手握平板，父親敦促他

扭動把手，眼睛仍游移於

手中虛幻光影，聽不到

球體起伏的韻律，也看不到父親

八達通餘額所剩無幾

於是，我忽然無比懷念
那段需要踮起腳跟的歲月
倘若我仍可以將一個五元大餅
打碎成零錢，我願意
將其中一個輕輕推入
扭蛋機的夾縫，緩慢地扭出
一顆命運的膠囊，另一個
我願意藏在錢包的暗格
偶爾掏出，投擲出公或字
墜落，手背感受金屬的微涼
然後訝異地發現
無論抉擇如何，這些細微的碎屑
總易於遺忘

小便盆

感應器亮起紅光猶如

黑夜裏的一枚紅寶石

閃爍，低調的鋒芒

掩蓋過久的時候，偶爾便淌出

寂寞的淚痕，從喉管滑落

陶瓷的內壁，洗刷雪白的心房

濺出一點無理取鬧，濕冷中尋求

陽光温暖的關懷，可它總是迴避

你，經年在幽暗的角落，褐色條紋

滋長，直至尿液發餿，才逐漸學會

把粗暴的髒語連同一切污水

捲入咽喉，吞下，打嗝

廁所裏蕩起幾聲遙遠的嘟囔

辦公室三首

（一）萬字夾

肢體固定在彎曲的弧度
頑固的關節難以舒展
牢牢抓緊幾張白紙，日子堆疊間
偶然鬆脫掉落而無人介懷
你撿起桌上零散的幾個
放進小盒，卻總是躲不開
蓋子圓形的井口，磁力
像流言的漩渦將你緊緊吸住

（二）辦公椅

從來沒法掌握旋轉椅的高度

把手伸延到椅子下方試探

輕托操控桿，臀部微翹

騰出上升的空間，挺直腰板時

上司走到你的身旁

搭著肩膀，將你

輕輕的壓下去

（三）屏風

藍綠色屏風切割出不同領地

照片、日程表、便條

讓揉成顆粒的 Blu-Tack 黏附四角

越過屏風，在同事耳邊

説悄悄話，偶然放聲大笑

像週日用紙皮箱佔地的菲傭

才忽然察覺，我們

都逃不出別人的目光，和

盒子的間隔

第六輯

疫症

酒精噴霧勉強能消卻一點猜疑
我們注視彼此，卻
不曾握手

——《風琴》

我凝固在緩慢移動的車廂裏

我凝固在緩慢移動的車廂裏
從往後推移的光景尋找
一則前進的隱喻，停留的理由，等待
乘客由車尾悄悄登上電車，攀登樓梯
然後入席，我們沒有碰杯或問好
酒杯碎散，在電纜交接的地方
將思憶撒出車窗吧，融進
城市垃圾筒頭頂銀亮的蓋
灰燼泯滅，風冷峻的稜角吹送

連同人們的耳語捲入耳蝸深處

我拉緊衣領，拉鏈從下滑上
而鏈扣卡著衣尾，我只好
用魔術貼黏合衣襟，遮掩
拙陋的本質，帶刺的風
從粗疏的缺口探問隱私，我不曾知道
電車頑強的窗子如何凝定，像我不懂
掌握距離，綠燈轉換時
盲人輔助盒子跳動的節拍
奏起悠長的悶響

我想像自己手握紅白色長棍
沿途叩響，用聽覺觀察足跡
導盲犬把我領到燈柱旁邊

提腿，尿水流淌，像我曾在此
遺下一首煽情的詩。座位上
我凝固如風乾的泥偶，龜裂
攥住衣襟，才不致被風吹散
瓦解了的文字未組成句子
人們已無暇解讀詩句
我緊握僵凍的扶手，下車時
差點忘了繳付廉價的車資

仰望明天

人日前往海旁躲避人流
讓和煦的海風吹散眾生恐懼
散步的人仍戴著口罩
舉頭面向陽光淨化時間
像一隻隻寺院裏的龜
石頭上伸長脖子仰望明天
我背向陽光讀一本薄薄的書
小小說的長度適合躺卧的老人
迎著光午寐，風掃過頸脖飄送
寒意和醫療味道，木長椅上
我稍稍移動了位置，讓身後陽光

烘暖我的背，撫掃不安，想起

鄉下潮陽，暖陽裏一隻瞇著眼的貓

大概如今已受病毒感染，或成為

熱鍋裏沸騰的肉，貓眼不再睜開

而我睜開的眼沒法專注看書

眼鏡遮擋細菌構成閱讀障礙

隨風飄蕩的碎葉伴著它草地的影子

窸窸窣窣以雙倍數量掠過眼角

融進書頁，縱向的文字掉落

帶領我前往一個開放式結局

我只好寫詩，在光禿禿的樹幹下

靜聽一枚淺紫色花朵墜落

身旁的背包半開的夾縫，裝飾

書本封面，讓故事有更美的結局

讓海上的波光更耀眼，草地上

此刻關閉的射燈想必會在今夜

照出七色彩光普照生辰，風中
他們的口罩扯落下巴，嘴裏霧氣
朦朧彼此的視野，他將脱下外套
搭在她受冷的胳膊，並肩入眠

風琴

你們把風琴懸在臉上

我沒有聽到樂器的奏響

除了呼喘，穿透牆上的月曆

在日子中蔓延，我們學會忽略

周數，如四條吐舌的黑蛇並列

吞食嘆詞，打一個唏噓的嗝

或組成一個家，蜿蜒順著家中

被消毒多遍的牆壁爬行，再爬行

持續進食而肥胖，像貪吃蛇

等待哪天熬不住咬斷身體

然後掠過超市貨架，補購

一袋泰國米和一杯合味道，一條生命
麵包和一條失落的尾巴，臉上風琴
囤積濕氣，孕育暗瘡與疲憊，發酵
不欲言喻的情緒，省下的句子
像兩個省下的口罩，只管沉默
在路上，我戴上眼鏡
漠然的眼沒有因此變得明亮
只清晰看見你們漠然的眼
酒精噴霧勉強能消卻一點猜疑
我們注視彼此，卻
不曾握手

索

當靈敏的鼻子湊向垃圾箱，我期待
狗會把你渺遠的氣味帶回來
我身邊，只有丟棄的口罩，骨折的傘
以半挺開的姿態頹然倒卧，如我們
僵直的關節在家裏缺乏舒展，於是
往公園散步以前，把身軀
包得嚴密，視野清晰但再不必抬頭
搜羅你的身影，牠低頭探尋
磚頭縫隙裏撒尿的記憶，嗅著
不怕感染肺炎，遛狗的菲傭
也擋去大半張幽暗的臉

被狗索拖行如一頭懶惰的寵物

她不能在明天，一個尋常安息日

把 Madam 的無理展成一張墊子

讓姊妹圍坐，撿拾紙皮砌起自足的世界

再分吃生活的抱怨，以她們的語言

話題或已隨風散逸，你說過

我們的約定還是隨緣吧，好像明天

永遠藏在背包，任意挪動，今天只有

一根被時間拖得很薄的絲，交織成

口罩的纖維，搔得鼻腔發癢

打噴嚏，再畏懼一場沒法根治的感冒

只有狗親昵摟抱彼此，雀躍朝主人繞圈

他們恪守社交距離的圓心，緊握

掌中半徑，索緊狗自由呼吸的脖項

直至牠吐舌散熱，野鴿也盤旋上空

我們終將回到籠子裏屈曲關節

明天馬匹仍然競賽，而馬主

手執電話，遙距連接繁忙的線路

薄弱，一條無人執持的韁繩，在風中

解脱

聚

餐桌上的透明隔板拔起時

我的側臉勉強抵住你的憂愁

阻隔我們的是沒有內容的餐牌

有點朦朧的膠板沾染你們的嘆息

我匆匆喝過奶茶重新拉起口罩

構想電視劇俗套的探監情節

是誰首先握起黑色的話筒

隔著屏風說些輕薄的近況，抑或

相對無言，你撥出一通電話

磨損的線路還未經思慮接駁

透明杯子裏冰塊緩緩溶解

餘下兩口檸檬茶被涼水稀釋酸楚
你是否掛念遠在毗鄰的妻兒
你會否想起匆匆往返的羅湖橋？
時間的隔板用夾子輕擱餐桌上
你離開座位，往褲袋掏出零錢時
手肘稍一輕碰便把它撞倒了
彷彿這是你僅能釋放的力量
食堂阿姐衝上前將隔板扶穩
又趕回入口處量度體温
離開前我瞄到門邊的搓手液
剩下淺淺一層，像盛著冰水的飲料
凝結出晶瑩的泡泡

臨時

從商場的圍欄俯看
大堂陸續綻放年宵攤子
圍封，確診大廈解封以後
鐵馬和臨時興建的帳篷
拆卸，空曠的街道只餘樹葉
篩下陽光，瑣碎的步履，工作人員
張羅佈置，懸掛紅燈籠，恢復
自由行走的意志，販賣年貨的婦人
將瓜子抖落，傾倒膠兜裏
供過路的人試食，住户重新踏上
另一輛通往日常的班次，與許

會拉下口罩，淺嚐一點腥鹹

綑綁桃花的紅索帶解開

枝幹舒展，釋放它們

原始的姿態，洗地水

留待翌日的晨光烘乾

球場

球場築起了藍色的龍門

禁區的索帶如繩網交疊

細密纖維縫製出一片天空

懸掛耳朵兩旁，再按指示拉開

鼻孔舒張，敞開一片

沒有邊防的地域

想像一個黑白相間的足球

棉柔的白擠進深邃的黑洞

入龍門後翻滾，攪拌毛髮與黏液

如撈拌蜜糖的

滿佈圈圈坑紋的木棍子

拌起了一個噴嚏，本能地噴發

抑或不，壓抑浪潮，浮起委屈的淚光

看台上的老翁是一尊塑像

靜止，耷著頭靠台階而坐

觀賞一場熱鬧的盛會，偶然閉目

夢中尋找一塊晨運的土地

一個曾經寬敞的球場

斷魂節

空氣有燒焦的味道，他們
紛紛將紅桶子移出家門
勉強在道路旁焚燒紙錢
鐵叉撩動，灰燼碎屑
如生活，積厚出一幕夜空
我想起外婆，每逢初一十五
蹲在後梯燃燒時間的姿態
火焰的指頭吃力伸延，想望
觸及沒有束縛的往昔
雲石碑上的笑容僵在往昔
沒法登山的孝子賢孫，在家中

觀看新聞，得知新鮮的亡魂

得不到俯視與瞻仰，甚或

一方雲石，甚或

一個瓷製的容器，灰飛煙滅

寫於二〇二二年四月五日，疫情下的清明節。

修剪囤積的髮

或許要把頭髮留長，或許
束一條復古的辮子
綑綁愁緒不至散逸
身旁的大叔説話時，剪刀
俐落掠過他的白鬢
他説失業的霧霾染白了髮
煩惱的髮絲像病毒滋生

我脖子僵直，用餘光掃視他
偶爾與鏡子裏的自己對視

茂密的髮叢一撮撮的削薄了

錯落柔軟的布，摻雜少許白髮

大多還是烏黑的，零散的狀態

讓我想起未湊合成文的詩句

理髮大姐操刀評論時事

決斷的落刀聲帶著控訴的力度

薄一點，再薄一點，我反復叮囑

沒有人能預計明天，反正如今

沒有聚會，沒有面授課，沒有

應酬拍照的機會，禿頭也是可以的

大叔在理髮椅上打盹

被風筒吹烘如一瓣萎靡的花

我抹去髮尾的水滴，付錢

拍了拍衣領然後抽身離去

不容髮泥的氣息沾染我身

寫於二〇二二年三月十一日，

第五波疫情導致理髮店關閉近兩個月，重開後前往剪髮。

污染

空氣漂上一層白霧，途人
戴上防毒口罩遮擋塵埃
與笑容，你們沒能在颱風前夕
地盤轟出點點沙塵時，察看
彼此臉上的弧度。學會
把抒情的必要埋藏急速步履
踏上機艙踏上高鐵便往他鄉
吸一口清新空氣，適應水土
用鏡頭攝下一巒山丘，留待明天
冬晨掙脱被窩的動力，作記憶
掃閱品嚐旅遊的餘味。旅遊巴上

你習慣打盹於漫長公路，導遊
喋喋哼出了悶響，生活像頭顱
似墜未墜，然後撞上車窗
便離開假日的夢。並肩的 OL
橫睨你要檢點睡相，微張的嘴縫
吸入過多的怨語，你拔出耳機
威利的陽光空氣完了又播
其實陽光空氣原是平均給你——你
緊握扶手回到陸地，對面豪宅
地基還未打好，白霧籠罩地產廣告
顯得像仙境，縹緲。你掏出口罩遮擋
揚起的塵埃，你的倦容

第七輯

校園

原稿紙如此輕盈，你們
正在草擬理想嗎？同時務必謹記
邊界外的文字將不予評閱

——《監考》

課後

黑板前粉末飄揚，你們在座位
握著鉛筆，在硬筆書法簿上
把英文字母扭成一條彎曲的蛇
你們喜歡舉手發問，像手探入夜空
採摘星星，伏在桌子上夢見自己
化身楊利偉，直至小息鐘聲響起
你們以三個中文字稱呼彼此
三五成群往有蓋操場
拋一個球，往小食部買包媽咪麵
把時間擠壓成碎屑，再進食

進食後你們踏出課室，校工把椅子
倒疊桌上，如一個個擱淺的靈魂
黑板上印有小小的掌印，值日生尚未值日
社會科還有未完成的功課，作業吐出
等待改正的舌頭，擦了又改
於是答題線擦成破洞，你們用漿糊
黏合擦膠碎屑補丁，還未及撿拾
地上斷芯的鉛筆，未斷芯的鉛筆
忙於勾勒生活的稜角，稜角磨鈍便
刨出一瓣紅花，乾一杯紅酒
你們放下高舉的手，把疑問放進
抽屜最深的角落，與牧童笛長眠

你們把夢懸掛在桌子旁的鐵鉤
後來揹起書包也同時掀走了
對太空的想像。漸漸

你們學會把書包放在地上拖行

感受地心吸力，嚮往睡眠

今天我們在餐紙各自寫上英文名字

用正楷書寫，卻比以前

更像一條蛇。操場的圍欄築得更高了

我們再沒法採摘美勞課上

塗鴉的星空，作業

仍有未撫平的摺角。偶爾

牧童笛的抖音會迴響

於公屋天井，滲進我們虛掩的門縫

裝飾假日的午睡

禁區

我不曾放任自己的文字

像我很久以後才學會留白，不為圖畫

捆邊，如教室裏宣佈的規條

一再把孩子繞在禁區，鉛筆

拖出的文字拖出太長的尾巴，撇捺

斜度不經意爬上我的眉頭

我用橡皮擦拭去他們的幻想，碎屑的話

滾成烏黑小球，放在抽屜反光的外緣

像一個寶貴的意象留待文末使用，他們

彎彎的背脊並列方框裏，像逗號

反復出現文句之間，未敢下定論

迷茫的句子拖沓，如他們走路的姿態
背帶鬆垮單肩上，書包和他們
一同分擔課後的飢餓而張開嘴巴
我要他們將索帶拉緊，收縮
積存情緒的小腹行走
但他們的身影已在梯口交疊，碰撞
歡笑聲，讓校門鐵柵隔去零散的懊惱
如過濾一整天毒素；而我
在無窗的教室裏靜靜繪畫方格
填上數字，寫下一題題數獨
確保縱橫斜向的教誨不會重複
但他們並不知道，我踏入另一房間
便又踏入另一篇小說的套路，反復
走近窗邊，看見他們
趿著人字拖在球場

釋放體味，唯獨我在窗框消沉
滯留禁區，如課後留堂的孩子
補默一課書，畫上句號才知道
原來我不曾放任自己

監考

你們按時揭頁
翻開那年鼓噪的漩渦
試卷上塗改液已然風化
未乾的墨水掩蓋了舊痕

你們順著預設的編碼，入座書寫
發出頻仍的呼息，吐納
一個標點符號，區隔難以言盡的
青春語句，我逡巡於記憶的廊道
輕履前行，尖削的鞋頭
畏懼戳穿曾經脆弱的承諾

原稿紙如此輕盈，你們
正在草擬理想嗎？同時務必謹記
邊界外的文字將不予評閱

明天，考試過後
校工會前來把椅桌挪開
分離，你們用繩索引入小洞
為新增的通訊錄繫上看似牢固的結
黑白互參的電腦條碼
也許能讓你哼出一串
鋼琴蕩出的音符

禮堂盡處是校徽，校友和捐贈者名字
金光閃爍，你們自管
低頭疾書，我彎下僵直的背

為你撿拾一枝漏墨的原子筆

尚餘十五分鐘時間，凝成永恆

尚未下課

從沒想過能在這裏悠閒地寫詩

在學生尚未下課的時間，校內圖書館

只有圖書氣味浮游微冷的空氣中

桌上沒有過多的文件，或如往日

堆疊的參考書，自地面冒上腰際

用重量壓下考試的慌張

書籤固定在那年的那一頁，雜誌

一一逾期了讓學生領取而去

無人撿取的記憶由校工收拾，用繩索綑綁

成疊搬去垃圾房前的卡車變賣

得十元八塊，足以在文具店購買

一卷包書膠，擁抱新來的書籍
班級傳閱書籍交給下一批
更幼嫩的手，聊齋和活著，還有
記憶像鐵軌一樣長，或許他們接過
伸出很多螢光標貼的一本，提示我們
早已遺忘約定，鄰座的名字
索書號在時間浸泡下模糊，於是
翻開書籍，閱讀一段熟悉的情節
才記起這是我呼吸的地方，演講
考試或匯報以前，攤開簡報整理
字體大小和參考資料的格式，鐘聲
響徹回憶的走廊，翻揭書頁時
我打了一個徹底的噴嚏，書頁邊緣
學校的圖章分解又聚合

跳高

你從遠處助跑而來，單腿縱身
跳起，側彎著身躍過
竹竿，牢不可破的高度
我習慣將它固定高處，如早讀課時
不許你俯案補眠，要求你
時刻挺直腰背，你竟歪著嘴巴
撇下外套和一切禮儀，離開座位
往儲物櫃拿取書本，兩腿同時邁開了
囂張的弧，你無所畏懼地跳起
墜落，總能得到承托，縱使軟墊表面
破爛成絲，海綿敗露如你

作弊的伎倆，始終愛凌越種種限制

跌下來時，打了個筋斗，你機警地

雙腿朝天，避免踢倒

訓導的竹竿，刷新紀錄後

我再手執鐵尺，將限制調高，與你

暗中角力，挑戰彼此容忍的極限

尺上的刻度模糊了，我只能

稍稍放下嚴苛的鐵尺，學習含糊

幾毫米的落差，接納你的生態

無聲鼓掌，如你胸前的獎牌輕輕碰響

只盼你能維持心中那根竹竿的平衡

在球場與校園之間，在收與放之間

沒有傾斜，穩健前行

教員

時間凝結在你們的筆尖，茶包
懸浮保溫瓶裏載浮載沉
讓一根濡濕的棉線牽引，鼓脹
不曾道破細碎的話語，沉澱後化成
原稿紙欄外的漢字，脫離綠色方框
穩固動搖的教席，糾正筆畫，點豎撇捺
規範如教員室被屏風井然切割，鐘聲響起
門縫拂來探問的目光，他們手握回條
家長信和退修的表格，揉皺了的文章
在走廊飄揚，簿櫃靜待補默的孩子
按你們的名字陷入頭顱，傳閱書籍

堆放，埋葬更深的陰影裏

我曾藉故蹓躂教員室外，小息鬆懈的時光
窺探門後的禁地，期待訓導主任
咧嘴而笑，英文老師用粵語
跟同僚分享旅遊趣聞，光芒自門縫裂開
學生推門呼喊你的名字，而你埋頭進食
遲來的早餐，仍忙用橡皮圈綑綁
中三呈分的試卷，整理Excel檔的表列
確保儲存才應聲步出，左上角的磁碟鍵一按
再按，滑鼠聲遮掩屏風後低頭的她
悄悄掩著嘴巴，話筒傳出童稚的聲音
繚繞外傭監視的目光，目光巡迴於
一份草擬的教案，查簿的表格
等待她簽署，如承諾，再遞到他面前

筆筒前方擱著嬰兒的笑臉，未讀的短信
點亮了屏幕又消沉，如他垂頭批改的臉
追趕達標的數字，書寫秀麗字跡的手
傍晚倉促搖勻奶瓶，仍未及垂放

如今我終於置身禁地，弓著背項
竭力讓身影變得薄弱，如你桌上
反復稀釋的茶水，麵條
浸在漸次冷卻的沸水，你更換茶包
仍未入味便已被社工喚走
跟進一位 SEN 學生，今天課上
伏在案上悄悄淌淚的理由
你放輕腳步離席，彷彿害怕
戳破凝結的時間，像你回來時
麵條發泡，湯面的油
凝聚出一層白色的薄衣

攝影師

畢業袍下擺輕掃禮堂的走道，畢業生
在你身旁走過，如繞過一尊石像
你從教室挪來一張椅子，鋪放逾期報紙
踏上，在微晃中拿捏平衡
褐鏽的螺絲作響如你疼痛的關節

台上坐著校長、神父與嘉賓
畢業生鞠躬，手捧卷狀證書
排成一列，面向台下師生，鏡片後的你
手臂與他們的嘴角凝在僵硬的角度
偶爾招手，示意校長微微低頭，放下

高揚的下巴，鏡片折射時
光芒過分耀眼，你瞇著眼，便窺看到

大學攝影課上，學習九宮格定律，拒絕置中
捕捉光影，追逐沒有濾鏡的夢
你撥動手掌，提示兩側的畢業生
向講台中心的嘉賓靠攏，快門閃爍
框鎖夢想的遺骸。典禮結束
嘉賓如柔沙從兩旁流瀉，畢業生
高舉洋娃娃，與家人奔往陽光處自拍
你回到地面，椅子輕晃
烏黑的鞋印蓋過一則舊聞

刺

學童跑出校門以後，你走進教室
空氣凝結，在似停未停的扇葉之間
你抬起椅子，逐一倒置桌上
蓋過桌面的坑窪，他們用擦膠碎屑
填塞虛空，鉛筆塗污的漩渦
灰銀如你的鬢髮，你手握抹布
沾水，擦拭腦海的疑問

今晨，你在校門站崗時
協助拉扯畢業禮彩旗，緩緩升起
繫上扎實的繩結，生活才不致

鬆散，像他們口中傾瀉的嘔吐物
散落走廊，你閉氣清理
一拖再拖，地拖晾在花圃的圍欄
棉足乏力垂落，滴水，仍未風乾而你驚悉
下午有官員到校視察，便連忙
移除雜物，抬走一塊木板時
木刺扎進你的指頭，沒法目測
疼痛的深度，你瞇著眼
試圖用指甲鉗挑出刺眼，只發現
稀釋的指紋

學習適應疼痛以後，正午悄然降臨
你推出一輛銀色手推車，靜候
送飯的家長為你捎來一點慰問
和溫熱的飯香，你忽然想起

昨晚那條滿是碎骨的魚尾

扎到嘴唇，漸漸長成口瘡

而你不塗抹膏藥，內裏的損口

舔舐幾天自會圓謊

茶包

她習慣在清早灌滿温水

入保温杯，再撕開一個茶包

看淡淡的褐在鐵壁間漫開

她知道，時間會描上更深的褐

如為她捎來乾痛的喉嚨，於是

扭開杯蓋，茶包浮盪水中央

鼓脹，像瀕死的魚鰓，渴望呼吸

未待茶香散逸，棉線經已

濡濕，拉扯中輕易發毛

她握著小紙牌，牽引氣泡

再卸下遇水的重量，茶葉

不可溢出，隔著輕紗散放
她提起茶包，又放下，水中
載浮載沉，漾出小小漣圈
搗碎教員室光管無力的蒼白
她務必添水，在下一節課
以前，讓茶包裹著的情感
徹底浸泡，終究沉落

記學校旅行日——遊梅窩

海浪輕輕漫過足踝

你們輕快地躍至近水處

像誤入內陸的魚兒

那麼殷切地求水，放逐的自由

掬起一掌海水，再沾滿沙土

惡作劇般揩在同學身上

運動服，色彩鮮明如你們的個性

爭吵聲和笑聲輪番掀起

又漸次沉澱在沙深處，染濕的沙

鑽進腳趾縫隙，而你們仍樂意蹲著
聚攏，撿拾貝殼與石片，堆砌起
一座沒有鐘聲的城堡，那裏沒有
倒數計時器、時間表和監考員
只有廣袤的海，和徐徐拍岸的浪
沖洗分秒的界線

渴望匿藏在城堡裏，你們
挖掘到一隻寄居蟹，微小的肉身
躲在螺旋狀狹窄的殼，我便想起
你們蜷縮課室角落的姿態
逃避目光追捕，手執空白的課本
掩人耳目，念想著四時的到來

當最後一個排球越過防線
濺起薄薄的沙塵時，幾片枯葉

同時落在擠擁的背包群

葉質脆弱一如我們的幻想，海水

終將漫上更高的地方，淹沒了城堡

登上歸程的渡輪時，那頭的沙灘

仍遍佈你們未贖回的足印

船鳴的汽笛聲清脆響起

聽著就像一首下課的鈴聲

二〇二四年十二月七日

第八輯

你們

你按下遙控器，燈上
收攏的扇葉徐徐舒展開來，撥動
心頭積存的塵埃

——《夜歸》

給兩個將近一週歲的外甥兒

據説你們正處於口腔探索期
習慣用嘴巴感受世界的味道
你們的舌頭敏感如紅潤的花
在還未長出青苔，還未
以舌頭觸碰別人的舌頭以前
務必好好品嚐生命裏的甜
如你吃過一顆草莓味星星餅
咯咯地笑，快樂來得那麼簡單
你不慎咬下拖鞋然後皺眉
乏味的奶嘴帶著謊言強行塞進

你的嘴巴，也被你的舌尖推開
然後哇哇大哭，表露悲傷那麼直接
在你懂得鎖上房門，用被單
覆蓋喃喃低語之前，我的孩子
你們務必好好珍惜放腔哭泣
鍛鍊強健的肺部功能，盡情呼吸
吐納情緒，儲養空氣留待明天
逐漸在漫長的路程上消耗
我分神你們便用四肢爬行至桌下
用椅面借力，把小小的頭顱抵住
桌子的底部碰撞然後傻氣地笑
彷彿急著面對痛楚，初長成的頭髮
未經修剪，一晃一晃。我的孩子
請珍惜這裏歡快的時光，在你們的笑聲
沉澱成桌角的積塵之前

孩子與鞋子

我凝視你們足下

交錯穿著的鴛鴦鞋子

踏出漸趨穩健的步伐，足印

凌亂，偶爾掙脫我的手

踩著碎步，追逐前方

未知的前程，目標達到

或從視野中流走，才甘願

停下腳步，轉身跑來

擁入我呼喘起伏的胸脯

有時顧得了哥哥，便顧不了弟弟

你們也將如此，朝各自的軌跡
航行，縱使眼睛、鼻子
耳朵和嘴巴相像，餐碟上的雞翅
杯裏的熱華田相像，明天也必嚐到
碗裏的生命不同的味道

直至鞋子替換幾番，繩索纏結
又鬆綁，腳掌變大以後
我難以再勾住你的臂膀
或羽絨風衣的帽子，扣留
你們的腳步，直至無法追趕的時候
我會把眼睛瞇成小小的縫，遙望
你們成長後逐漸縮小的身影
倘若你們樂意回頭
便偶爾回來看看，身後
隻身行走的老舅

端午

記憶的黃泥捲入摩托車輪胎
我們乘著鄉土的風，沿著河岸
掠過很多條時間的小巷。河的彼岸
一面旗子正向你招手，彷彿只是昨日
你的父親站在門外階梯揮動手臂
那天同樣是端午前夕，你們跨越時間
在摩托車路經這裏時，異口同聲
向我比劃龍舟賽的盛況
我緊握他的肩膀，以後才知道上面承托了
一個家庭和一個沉重的秘密。如今
顫動的車鞍為我撒下許多的話

沉默讓兩旁後移的小店和風聲填塞
只有河一直伸延，河水漫上你的背
肩頭便溢出温濕的淚

你把摩托車停靠在路邊，四合院大門
多年來牢牢鎖上，困住
五歲的我和仍然年輕的外婆
夢裏會依稀看見一個夏夜，殘喘
垂吊鎢絲燈泡的房子，線路盤纏
牀上，皮肉黏附竹蓆而冒汗
眼球和吊扇同時轉動，幻想眉睫是筆
為剝落的天花塗上色塊，累了便合上
假寐的眼，蚊子從耳畔刺穿一個
淺薄的夢

夢裏，偶爾還會蕩起

他揮動雙臂時的笑容

四合院大門攀滿壽斑卻沒有鏽蝕

他過早凝固的臉。此時

回憶的照片關在院子裏荒涼

被日光和雨水洗淡，褪色的大門

留待想像的鑰匙旋開，天花

待夢境的眉睫填色，細節

終告消散，如那個夏夜醒來後

手臂上的竹蓆橫紋。幾塊瓦片

堆放四合院門外若殘骸

回程的途上你刻意迴避他

只高舉雙肩模仿划龍舟的力度

而我知道，他無聲離席

讓你費更多的力，肩起一家的木槳
漂泊河面，撥出臉上一條又一條
勉強的弧。摩托車停泊老家門前
你的妻子，你的女兒，你的老母親
在缺光的大廳裏圍攏木桌
用繃帶包紮粽子，你的創口
以糯米、豬肉、黃豆和思念填塞
院子的門終究沒能打開

功夫茶氤氳，香燭搗碎
木牌上你父親的名字，我們
浮游於熱茶表面，唯獨你
沉澱成杯底零碎的茶葉
記憶的黃泥暴露了胎痕
如骨灰鑽入你的指紋，或許

端午節，划龍舟後

你會用酸痛的手，以同樣的姿勢

從河邊撒下思念的粽子，蕩起餘波

而河流始終延綿

低調地飛翔
——給 WH

你按下快門的一瞬間

湖上的水鴨凝定在

展翅低飛的姿勢，如你

經年在澄明的水面盤旋

躲開混濁的漩渦，禽類

複雜的罵戰，如今

你抽身站在橋上

靜心等候飛自遠方的琵鷺，黑臉

不過是種掩護，你放下

三十餘年的春秋，抬頭仰望
圍城沒有邊際的天空
薄薄的浮雲如詩句變化多端
你雀躍地，將飛鳥與雲霧緊緊抓住
收藏，放進背包的暗格
裏面還有學生的詩作，也存放
藥品、呵欠、日程表和教案的氣息
當琵鷺掙脫追蹤器的束縛時
你執起蒙塵的畫筆，布袋上便見
一隻豔紅的甲蟲在攀爬
牠走進輕鐵的車廂，沿著緩慢的軌跡
低調地飛翔

二〇二三年十二月二十三日

旺角淩晨的粥店

旺角凌晨的街頭，我伴著你
趿著酒店粗劣的紙拖鞋，弓起腳趾
抓緊每一步，你可知道我的腳板
承受了多少冷硬的磨削才能跟你
走到粥店，在起霧的櫥窗前
看叼著牙籤的老闆娘
用勺子撈起你的夜宵，傾倒

發泡膠兜子，難以融解
我倆間的明渠與海峽，今夜的哀愁
白煙繚繞，充塞肩頭與肩頭間

沉默的空隙，我看見

煙霧冉冉騰升，像機尾搗碎了白雲

模糊了明天和更多明天的想像

而明天將如期降臨，你將如期

搭上航班，通過機艙狹窄的小窗

與狹窄的我，狹窄的

我城道別，只帶走滾燙的粥水

在腸胃裏消化，留有温存的碗壁

黏附米水、皮蛋和肉絲

還盛著一絲沉重的牽掛，無法消融

即使發泡膠故作輕盈

點滴

篩落傘面的水珠，我看見你
站在分流部，瞄向一張靜止的輪椅
示意我釋放善意的方向，像兒時
被同學惡意伸出的腿絆倒後
你用眼神教導我拐彎，繞路
讓倔強的個性屈折成拳頭。屏風後
他微弓著背，抵住慰問的詞語
量血壓手帶鼓脹，迫出一點嘆息
和帶血的小便。他逕自走到便盆前
滑下拉鏈，兜起僅餘的自尊，等待良久
紙杯才泛起一匙紅色體液。年輕姑娘捏著紙條

往內輕沾，揚手叫他倒去
他喃喃怨著甚麼，我想告訴他
生命需要的著實不太多，像他每天
沖功夫茶，用紅筆讀報，圈畫馬匹的名字
抽一根紅雙喜直至日落，深宵你在房間
用鼾聲判斷他的身體狀況，夜尿後帶上
牀前的布簾，為他遮擋月光

屏幕上只見他的英文名字，餘下
全是不熟悉的病歷，於是我囁嚅，只有你
才真正懂他，而你在外頭凝看重播的劇集
讓方言淘洗的嘴唇緊緊抿合，像家長日
你向小學班主任陪笑，接過成績單
努力吐出粵語音節，如你曾努力
學習辨認大楷英文字母判斷等級

拳頭舒展，雙手合十夾進大腿間取暖

都市閒情的輕音樂蕩起，嘉賓主持

烹調繽紛的酸甜骨，亮橙色成品

在狹小的螢幕中迴旋，迴旋

像他習慣逡巡陽台栽種久活的盼望

擠出的水點霧化，然後沉默

在只有你倆居住的空間裏滋長，他會否

仍掛心今早未及澆水的盆栽？你疑慮

點滴是否能延續生命，我想告訴你

生命需要的著實不太多，而他擅自脫下鹽水袋

手臂掙扎穿進袖管裏，喃喃的說

這裏的空調太冷，這裏的空調太冷了

殷紅晚霞漫上輸液管，你輕握他的手

像那時擱上我發熱的額頭

冰袋放回冰箱裏再凝結成固態

校門前旗子飄揚，你用眼睛

把我的背項寄託給可靠的機關

鹽水袋懸在吊鈎上，他拄著鋼枝

緩步走進病房裏，落地窗上

小雨隨風刮出延綿的頓號，彷彿在並列

記憶，匯聚成水滴，他斜視

面對冷巷的電視，高傲的自尊

隨音量調低，只好以嘴唇的蠕動

演員的神態和字幕構想前因

和後果。我們放下一份東方日報

一排益力多、一條生命麵包

拉開牀前的金屬櫃，放入

他的衣物、牙刷和漱口杯，離去時

我挽著你的手，你的手

握著一個鬆弛的拳頭

半片藥

你用信徒掰開聖餅的專注
凝視那道小小的坑紋
將藥片掰開，一分為二
我遙望窗外初冬的月牙
浸入夜色的弧，薄霧
從此擋去你背向月光的一面

童年是疾病的隱喻
你頻頻在冬夜的牀沿轉醒
用棉被緊緊包覆我的軀體
悶一身汗，蠶蛹化蝶的願望

破繭時便釋去毒素

像你偶然致電鄉下的姐妹

吐幾口苦水，又匆忙掛線

跑進廚房打理快要滾瀉的白粥

為我計算時間，趕及餵食

下午二時的退燒藥

你自小教導我慎言的重要，於是

緊綳的喉嚨未曾學會放鬆

藥丸總是卡在咽喉，像你習慣

欲言又止，唯有用清水持續稀釋

舌苔上蔓生的苦楚，嚥下

途上過多的碎石與沙礫

但我沒有你承受的能耐

將藥片逐一掰開時，你說

吞嚥需要時間來磨練

咳藥水的諂媚並不討喜，甜膩
像你的言辭，搖晃藥瓶
喚出一層泡沫時，你哄騙我說
冒泡的藥水其實是可樂
抿著的嘴唇才勉強擠出了縫
讓湯匙進出，偶爾偷偷少喝半格
直至許多年後我才知道
可口可樂原是種咳藥水

許多年後，你拉開小木抽屜
掏出一包藥丸，貼紙上印有
醫管局標誌和你蒼白的名字
我為你斟水，嘴唇湊近杯緣試探
歲月殘留的溫度，記憶逐漸放涼
你私自減少了藥量，用空洞的眼睛
鬆弛的喉頭肌肉告訴我

藥效使你昏沉欲睡，午後的沙發
宛如一艘晃蕩的船，讓你橫渡
生命的海岸，載浮載沉，而你
只想停泊在平靜的餘生

晚風止息，月曆紙上仍圈著
下月複診的日期，藥水的表面
泡沫消散，我凝視瓶上每一格
淺淺的刻度，想像你沒法
準確量度的憂愁

夜歸

冬夜的風過早掀起了夜幕

街燈低頭不語，靜靜觀望

對街齊肩的樹枝，葉子疏落

你稀薄的髮，在窗後明滅

客廳天花懸著圓形的白光燈，耀眼

像一輪圓月，我想起初夏的午後

你按下遙控器，燈上

收攏的扇葉徐徐舒展開來，撥動

心頭積存的塵埃

夜歸的晚上，你總要求我

下班後通知你，以便你默默數算

地鐵站數目來衡量彼此的距離

預測歸家的時間，然後倚在窗旁

家在二樓，你能捕捉街上掠過的影子

像我年幼時，追逐和踩踏

你的影子，遮擋球場上

耀眼的陽光，直至球漸漸滾遠

沒入你視野的死角，我的身影也變得

修長，如窗前那株過早凋零的樹

而陽光已然藏在歲月的夾縫

社區總是浸泡在暮色中

樹突兀地凋零，繁密的枝幹

能越過矮牆，伸展到毗鄰的大廈

唯獨我家窗前的部分，剩下寥寥幾根

枯枝，如未寒的屍骨，張開五指

攀緣窗框，攫取温暖，於是

我再一次清晰地仰視你，頭上的髮

帶著午睡後的蓬亂，修剪的期限

如我的腳步越拉越長，高速行進時

目光會刻意投往前方，畏懼對視

褲袋仍藏著未覆的訊息

很久以後，我才發現你

偶爾從管理處借來一柄鐮刀

敞開經年閉上的窗户，站上小板凳

半身伸出窗外，以母親晾衣服的姿態

切割窗前搖曳的葉，如理髮師

每月修葺我繁茂的髮，髮絲

如碎葉飄落，我們斷斷續續的句號

撒落在停車場的鋅板上，奏起
一場罕有的秋雨，視野回復澄明

於是你依舊駐守窗前，街燈
仍未點亮，只為守候
一抹掠過的身影，我
如常按密碼，推開鐵閘，把眼睛
瞇成小小的縫，投進信箱緊閉的心房
伸出一根手指，勾出兩封
銀行月結單，差餉繳費通知書
透明膠片下方篆刻你的名字

門鐘捎來煙火的味道，家中氤氳
如鋪蓋一張厚而不重的棉被
母親在蒸魚炒菜，你也步進廚房

從筒子裏抽出六根筷子，均勻擺放

在飯桌三面，餘下一面緊貼著窗

我將領帶鬆綁的時候，依稀看見

街燈初亮，枯枝掩映橘色光暈

溫差為窗子塗上一層薄薄的水珠

唯獨那小小的一隅，霧靄

被拭去，依稀烙上

你稀薄的身影

本詩獲二〇二四年城市文學獎新詩組季軍

第九輯

他者

你掏出小盒，蹲下，沾上一膝冰涼
露出磨蝕的銀環，是你從鴨寮街買來的
為她套上無名指，自此套上她的一生

——《雨下》

雨下

當雨點悄然灑落濕滑的地
你穿著水靴，高舉鐵枝
勾著小鐵圈然後旋轉，如你
年輕時，雨中和她漫步海濱
刻意旋轉傘柄把水擊落她
仍未暗淡的臉，再為她拭去淚痕
她鼓著腮推開你，後來又
向你靠攏。魚檔的簷篷
瞬間已伸展成蔭，遮擋陽光和雨
讓水傾瀉出馬路吧，而你仍踏著一地的水
折騰要把魚撈起，紅膠袋裏翻騰不已

直至斷氣。街坊圍攏魚檔前指劃
哪一條看來較生猛，冰塊上
大眼雞的屍體冷冷躺著，瞪視晚霞
和燈罩，把她的臉映得緋紅
她磨利刀鋒，砧板上魚頭輕易割開了口
而魚尾仍在動，海風輕拂她的馬尾
你掏出小盒，蹲下，沾上一膝冰涼
露出磨蝕的銀環，是你從鴨寮街買來的
為她套上無名指，自此套上她的一生
她如是說。長髮束在腦後裹成包子
魚身不再顫動，傷口靜靜淌出血水
雨勢越來越大了，記憶沿著海岸翻騰
水在簷篷上流瀉，傾斜
像日子的意義。你拉下紅桶子
沿繩索扯起膠水瓶，盛載
一瓶凝固的海水。你接過

濡濕的紙幣，找贖零錢

還未及贖回她指上

帶腥的銀環

本詩獲第四十六屆青年文學獎新詩高級組亞軍

浮萍

夜裏你是無根的浮萍
像紅蓮頂著一盞亮起的燈
浮盪在城市的街道，向左
迴旋，拐彎然後迷失
於已然清晰的地圖，傾聽
車輪濺起地上未排去的雨
雨水把世界搗成流線，你盼望
把前路看得更清，咪錶多響幾聲
撥水棒子隨節奏劃出
重疊的弧，行李尚能摺疊
匿藏車尾箱安眠，只是偶爾

蕩起同僚的髒話，收音不清

沙沙的聲音捲入輪子

輾過碎石，他們上一秒還在嘮叨

生活的陡峭，下一刻便

三兩點撥屏幕，潛入駕座

向明確的目標駛去，只有你

仍在倦怠的路線上徘徊

迴旋，電台播放靈異節目

你拐彎，從街角看見一個

撐傘的女人，在雨中

向你招手，回家

衣架

孫兒騎在你的膊頭，胯下
雙肩耷拉出下垂的斜角
年輕時稜角分明的肩骨磨鈍了
承托的重物太多，你不能忘記
裝滿穀粒的麻包袋擱在後頸
弓身在唐樓梯間攀爬的歲月
陽光灑落灰色的階梯，你仰頭
探尋光源，看見對街露台伸出晾衣竹
衣架晃蕩，偶然遇風鬆脫
溜走一件發毛的記憶

甚麼時候，肩頭耷拉的斜坡

與衣架連成了相同的角度，還有

鐵製雙層牀的牀架，夜深時搖曳

噼啪作響，與你膝蓋的關節合奏

上樓梯會痠痛，而醫生提醒你

下樓梯會更傷，不過走了幾條很短的馬路

卻長得像一輩子，於是你

不得不把孫兒放回地上，他踉蹌前行

絆倒、哭喊、擦乾眼淚，很快又站起

然後雀躍跑入孩群，而你

雙肩濕透，小腿哆嗦，恍惚間看見

公園角落，按電話的菲傭身旁的輪椅

你坐在上方打盹，餘下的日子

像露台掛出的衣服

晾乾、變皺

旗子

——給一位賣旗的小女孩

當媽媽站在地鐵站出口，日照的角落

向你微笑和點頭，你才

怯怯前進了兩步，手握一張

完整的貼紙，從掠過的臀部尋找

一個目標。然後仰頭，凝望陽光下

大人的臉，凋謝如爸爸的煙

篩落的灰燼，那個年輕的姐姐

以弧線拐過你的手，高跟鞋咯咯咯

敲起一陣風，而你幾乎聽見

圓形貼紙從你手指飄落時

指紋的低語，分離的

聲音。你學習傾聽紅綠燈的節奏
而媽媽始終站在原地，向你微笑
點頭，手中的旗袋也在風中飄揚
彷彿那真是一面旗子，懸掛旗杆上輕拂
你小小的腦袋太多的困惑。流動的臀部
幾近把你推倒，你踉蹌兩步
緊握貼紙與風抗衡，你仍小
討厭粗糙的感覺，喜歡貼紙撕落後
黃色光滑的底蘊。許多鞋跟
把地上的貼紙踩得越來越扁了
像按鈕，觸碰時你的心房也隨之顫動

幸好媽媽的旗袋已沉重起來
藉著陽光你能識別二角的鋸齒紋理
而你學會了沉默，牽著媽媽的手等待
綠色人形公仔閃動，紅綠燈柱上

一張剝落的旗子向你招手，你眯著眼睛

窺探慈善機構的名字，卻同時訝異

時間的痕跡。而你不知身後

清潔嬸嬸半蹲地上，努力刮去你的貼紙

一邊瞪著你們

漸小的身影

廣告

午後，你用平板電腦看 YouTube
畫面忽然切換，地產廣告
無情割開了劇情的航道
你低頭，呢喃了一句髒話
屏幕上豪庭華美，富裕的夢境
遙相呼應，插入式廣告
如數十年前的碎石
無形之手攔截了原來的坦途
磕碰前進，石頭的尖角刮破你的腳掌
勉強邁步，走進房屋署為你敞開的門
鐵閘上，布簾透光飄揚，無法遮擋

鄰居的眼睛，天花的掉漆，像垂懸的繭

等待破開內壁來一次飛翔

假如你能再次選擇，你是否仍會

脫離故鄉的泥土，脫離

天井的一方晴空？高尚寓所熠熠發亮

五秒後你跳過廣告，繼續觀看

大地恩情，河水彎又彎

冷然説憂患，別我鄉里時，眼淚

未必沾襟，只流往彼岸的明天

我提議將 Premium 用户分享給你，使你不必

寄人籬下，你擺擺手，眼睛

凝神注視螢幕裏青澀的岳華

我便知道，插曲和廣告將會繼續

切割劇情，切割

你的餘生

意粉

一條意粉從叉子的腿間溜走
濺起了帶茄醬的肉碎像
一朵紅花裝飾她的笑容
你仔細端詳她的眉毛和鼻梁
難以攀越的高峰，耳墜子
搖晃，吊燈微旋，懸著的心
墜落盛滿白糖與鹽粒的調味架上
無聲的對話或許太淡，她拿起其中一個瓶子
灑了幾星黑椒粉，你便無法區分
縱橫交錯的意粉上錯落的黑點
哪些是粉末，哪些是視網膜上的蚊

游動出沒有方向的軌跡

你告訴她吃意粉的正確方法

插進叉子然後旋轉，捲起纏結的麵條

她笑了笑，依舊直直的兜起意粉

厭倦繩索纏成複雜的死結

你噤聲，在她再次灑下黑椒粉時

努力忍住一個噴嚏，用餐巾拭去

眼角的淚花，和濺出的肉末

雪藏夢

弧形鐵鉤伸向地上的膠籃
扣住綿密的網格，你用餘生的努力
將雪藏的夢想拖行，街市地磚
濕滑、棕紅，像一塊解凍出水的肉

冒寒的貨車陸續吐出白霧與籃子
要你接手，搬回紅燈黯淡的鋪
凍肉曾溫熱的愛慕冷卻成磚
偶爾店裏無人，你會敞開冰櫃的門
探頭檢查溫度，順手抹去
角落凝結的霜塊，頑固倔強一如

你的妻子，埋怨你沒有出息
說時臉容僵冷，於是你把感情
存放在凍肉櫃裏結霜

新鮮的豬肉你會親自切割
磨刀和斬件，用鑿上砧板的刀痕
刻印你求生的力量，證明你
並不窩囊，只是難免會碰到
瑣碎的煩惱，月底的繳費單還有
家裏待業的兒子，幾聲咳嗽
混入零星肉末，讓刀鋒推向邊緣

篩走，電話簿裏對你輕笑的老同學
還不如與街坊多聊幾句，把社會時事
懸掛鐵鈎上評鑒，鋪面微寒時
戴上血跡斑駁的圍裙遮掩

受風的肚臍，才去接貨

你掀開發泡膠箱的蓋子，掏出

脆弱的許諾，封存多年的夢

再放進更冷的冰櫃，然後習慣

把發泡膠板屈折，節省空間

白色顆粒抖落一地，你才忽然記起

仍未實現妻子多年以來

看雪的願望

安息日

週日，聖詩的樂韻穿越落地窗
信徒合攏的雙手，音符
撒出窗外，飄降行人天橋
混入搖動的節拍，妳們
習慣在安息日圍聚如虔誠的信徒
享用盆中的食物，酸木瓜
小辣椒和印尼撈麵，攤放陳列
在一席野餐墊子，用大半天時間
分吃這一週嚐過的酸楚

偶爾，妳們會撿拾路邊的紙皮

築起疲弱的牆，使橋上行走的腿
不致踐踏妳們僅餘的自尊
隱私的概念，擱淺在上層牀一角
入夜後，妳靠牆瑟縮
調暗手機螢幕視頻，故鄉的陽光
燦爛如無業丈夫向你綻放的笑容
話題扯到家中開支，妳隔著耳機，依稀
聽見下方隱藏的話，還有
少主在身下作出的控訴

橋下車輛也在控訴，妳不明白
假日他們為何仍然鼓噪，仍然
急於追逐遠方，車輛疏通後
瞬即駛離妳的眼角，彷若城市的過客
而妳們駐留原地，囚徒一般
隔著鐵欄柵凝看剪碎的陽光

撒落大腿，隨時間緩緩傾斜，妳便想起
昨晚東主知會了你，數月以後
他們將舉家移民英國

妳再次把喉頭的話蘸上辣油嚥下
播放異國音樂，用歡快的旋律
掩蓋身下的控訴與煩囂，像枕頭
掩蓋著上月的工資
待妳匯款，當鋪的倉庫裏
仍存放著心愛的金手鐲
待妳贖回，家中鋅盆
盛滿家庭聚會後的碗碟
待妳清洗

傍晚，妳們微笑收拾行裝
將紙皮摺疊成自身的形狀

天橋清空後妳們也是過客，只好遙望

七天後的約定，遠方漸降的落日

日光收斂，晚風忽而吹送橋上

妳用熟練的手勢，緊了緊

肩上飄逸欲出的頭巾

談《叮叮行》

——筆訪詩人吳俊賢

李浩榮訪問

李：李浩榮

吳：吳俊賢

李：近年您奪得多項詩獎，實力非凡，請問您讀大學時，老師是怎樣教授新詩的？您自己也有教新詩，您選用甚麼作為教材？

吳：過獎了，事實上，獲得詩獎實屬僥倖，畢竟在新詩、散文和小說三種體裁中，新詩的形態最虛無縹緲，也最難拿捏，即使今天我出版了第一本詩集，我仍然覺得自己並非一個懂詩之人，更承擔不起「詩人」這銜頭。讀大學時，我很高興能接觸不同年代和國籍的詩人，中西和古今兼有，教師會從賞析入手，引導我們感受詩句中的韻味，遇到某些運用象徵或隱藏弦外之音的地方，會停下來思考，然後圍圈子，輪流發表意見。即使憑空的猜測異想天開，未必能與詩人當時的心境接軌，但有助培養我們的文學思維。如今在校內寫作班，我偶爾也會選取新詩作為教材，畢竟詩的篇幅比較短小，不會讓學生感到冗長沉悶，特別適用於課時不多的課後班，我曾選用也斯、鍾國強和胡燕青的作品，取材要貼近生活，以學生的生活經驗為基礎，例如也斯的蔬果詩，學生往往容易得到共鳴，並從中了解文學創作的手法，例如運用意象的重要性。

李：詩集裏有不少句子直接寫到「詩」這意象，既有關於讀詩的，也有關於尋覓詩的，如「我曾在此／遺下一首煽情的詩」、「今天的我為明天的我寫下一首詩」、「前往郵局簽收一首詩」、「急於在紙袋寫下詩的草稿」，寫詩大概已融入您的生活之中。您是怎麼把寫詩的素材蒐集起來，而轉化成一首完整的詩？

吳：關於寫作素材，我沒有特別去思考哪些素材適用於詩，哪些適用於散文或小說，有時候心念一起，看見一件事物可以入文，便會從中發掘象徵含義，繼而發展成作品。在工作繁忙、缺乏時間的日子夾縫中，寫文章變得奢侈，於是新詩就成了最好的創作媒介，搭一程巴士，或許詩的初稿便成型了。我寫詩比較隨心，與寫散文和小說不同，完成後我不會耗用太多時間雕琢和修葺，很快便定稿，大概是想把寫作那一瞬間的感覺盡快封鎖起來，凝結成固態。因此，《叮叮行》中不少作品都是坐在城市周遭，例如公園、電車和餐廳等場所，用手機備忘錄輸入的成果。

李：您的詩風予人溫婉的感覺，讀著就似胡燕青的詩，胡老師的詩您喜歡嗎？另，您也寫了一系列關於城市漫遊和食物的詩，這就令我想到也斯，特別是您們都以〈北角碼頭〉為題寫過詩。也斯這方面的詩有否予您甚麼啟發？

吳：何止喜歡，胡老師簡直是我最佳的模仿和學習對象，她的詩集《攀緣之歌》、《夕航》和《木芙蓉》等都是我喜歡的讀物。胡老師文辭優美，詩句卻淺白易讀，引導讀者從看似平凡的日常中尋找豐富的意涵。也斯老師的作品我也喜歡，大學時就讀過他的經典《雷聲與蟬鳴》，書中的詩作如〈中午在鰂魚涌〉，把城市人的困頓勞累寫得活靈活現。我認為兩位前輩對我的創作風格均有影響，例如從城市見聞中搜索素材，再融情入景，發掘新意（詳見「我城」和「地景」兩輯）。當然，我的小作與胡老師、也斯先生的大作不能相提並論。我只是亦步亦趨，或者說是東施效顰。

李：您不單寫香港，詩集裏還有幾首詩是關於潮陽和貴州的，請談談這幾首詩的背景。

吳：誠然，我並非一個喜歡旅遊的人，充其量只是假期與家人參與內地短線遊，或回鄉省親。〈棧道〉和〈公車〉同樣寫於二〇一九年，分別記述了在貴州旅遊時沿著陡峭的岩壁棧道行走的經歷，以及在潮陽夜裏的街頭倉惶尋找公車返酒店的狼狽情景，算是對旅遊過程的一種定格和凝視。內地的風俗和氛圍與香港不同，環境比較空曠，城市建築沒有那麼密集和一成不變，我頗享受回內地旅遊的體驗。這兩首詩分別寫於酒店房間和回程的高鐵，如前所述，我希望趁著感受仍然新鮮、輪廓依然分明的時候下筆。而且在境外書寫的作品，似乎又比本地書寫的作品添了一層特別的風味和回憶。

李：讀《叮叮行》，發現集內有不少疲憊的意象，如「腳掌承受生活的乏力」、「垂放酸軟乏力的手臂」、「讓褲腳在痠痛的腳腕處輕晃一年」，而您在〈脊軌〉更寫到二四年時你正接受脊椎治療，還有一首寫到「童年是疾病的隱喻」，能談談背後的因由嗎？您的疲憊感除了是肉體上，也是精神上的吧？

吳：自覺是敏感的人，每天承受的衝擊被感官加倍放大，我不知道這是否心靈疲乏的緣由。我渴望安穩，不介意經歷沒有波瀾的一生，然而近年不論家庭、事業還是自身境遇，都出現了很多的變化，逼迫我去適應新的環境、新的生活模式。自小體弱多病，〈半片藥〉就敘述了外婆餵我服藥的過程，藥物能治療肉體上的疾病，但無助滋養心靈。這樣想好像很灰暗，但其實認真一想，生活在忙碌的我城，誰不曾感受到疲乏，誰又能永遠無憂無慮？慶幸生活勞累時，我仍懂得尋找發泄的出口，為自己爭取喘息的空間。

李：詩集裏有多首講聚餐的詩，當中〈煲〉獲得中文文學創作獎。此詩記舊同學聚會，寫長大後的疏離感。這種疏離感在您多首的詩中都有出現，您是怎麼面對這種人際關係的？

吳：我不擅與人相處，也不懂得如何廣結良緣，縱使相識的人不少，但能交心的卻不多。無論同學還是同事，應酬聚餐在現代社會似乎在所難免，我們竭力透過定期的物理上的圍聚，進行聯誼，繼而交換彼此的近況，確立自己在社會上的位置。舊同學、舊同事相隔一段日子不見，像散逸而出的彈珠滾動久了，沾染不同的灰塵後再碰面，氣息和面容漸漸變得陌生，我們再不如往日般，被強制每天見面、培養感情，時間沖淡了彼此的距離，以致飯桌上只樂意取出顯淺的近況與人分享，卻未能觸及更深的地方。畏懼疏離，久而久之變得不喜交際。這種日益強烈的疏離感，我其實一直耿耿於懷，但又無法避免，唯有藉寫作來排解宴席後的寂寞。慶幸我仍能陪伴自己，人這輩子最重要是學會跟自己相處，對我而言，寫作是與自己對話的一種方式。當然，我很高興有友人願意閱讀我的作品，拉近彼此的心靈距離。但倘若沒興趣，也不打緊，我們都走在各自的軌道。

李：談到人際關係，「藏」可謂您詩中一個常用的字眼。如「渴望藏匿在城堡裏」、「匿藏車尾箱安眠」、「偷偷匿藏碗子的陰影裏」、「陽光藏在歲月的夾縫」等，「藏」是您應對生活的一種態度嗎？

吳：「藏」的相反詞應該是「露」吧？這兩個字好像南轅北轍，其實又互相依存，像「愛」和「恨」。大概沒有人天生就喜歡遮遮掩掩，只是外露太多、率真地表達自己的感受時，受過傷害，得到教訓，才不得不訴諸「藏」這種防禦的型態。我承認「藏」是我的一種生活態度，在不同場合和處境，我扮演著不同角色，但最真實的那一層，只有少數親密的親友才會知曉。記得中學時期，英文老師教我們運用「Show」的同義詞，我學會了「Unveil」（揭示）和「Veil」（隱藏），並深深愛上了這組 Vocabulary。Veil 指面紗，作動詞用則解作掩飾（用面紗覆蓋臉容），多麼形象化的詞語，這大概是英語最吸引我的地方。大概也是從那時開始，我漸漸學會收斂話題，藏匿自己，遇人不再那麼掏心掏肺，就像隔著一襲朦朧的面紗，隱隱約約窺看外頭複雜的世界。我覺得新詩也是一張面紗，把真實感受隱藏於凌亂無序的句子間，不像散文那般坦率和赤裸。當然，我覺得自己的新詩寫得不算隱晦，情緒也沒有藏得很好，大概因為這匹布太劣質了，薄得通透，內裏之物表露無遺。

李：〈斜坡〉獲得大學文學獎，是一首講成長的詩作。當中有一句「一位年輕教師曾在此／墮落而喪失靈魂」，當教師怎麼會使人喪失靈魂？而這個靈魂意象在您多首詩中反復出現，如「喚醒一個充氣、淺薄靈魂」、「車上填滿疲憊的靈魂」，這個靈魂大概是描寫香港人普遍的精神狀態吧？

吳：先回應〈斜坡〉裏的教師，那條後巷確實發生過教師輕生的事件，喪失性命和靈魂，教人惋惜。我們作為教師，其實是以生命影響生命的職業，你永遠沒法知道，哪一天説的哪一句話，可能對在座的學生構成一輩子的影響，所以要謹言慎行，約束自己的言行，務求讓自己符合社會對教育工作者的標準。除了這種道德觀念，教師終日也被繁忙的事務捆綁，不論教學、批改、出卷、行政工作等，教人疲於奔命，久而久之容易喪失自己。每天踏入課室，承受耀眼的注目禮，向學生談追尋理想的意義，但自己的夢想或許早已遺落，埋葬在公務堆中不見天日。書中「校園」一輯書寫了許多教學的現況和觀察，人家說「隔行如隔山」，非業界人士未必能體會其中酸楚，只希望讀者能透過詩歌，嘗試感受教師的生存狀態。至於書中其他的「靈魂」，其實與之前提及的疲乏感相似，在此就不再補充了。

李：詩集裏有兩個高頻出現的意象，一個是茶，一個是尿。關於茶的有「反復稀釋的茶水」、「又想你們會否／不喝太濃的茶？」、「沉澱成杯底零碎的茶葉」；關於尿的，特別想拿出〈點滴〉來談談。能請您談談這兩個意象嗎？

吳：這是個很有趣的問題，當作品累積到一定數量時，作者也會察覺到自己反復運用了部分意象，好像缺乏新意。想不到我的高頻意象，居然是茶和尿。哈哈。這兩個意象均為液體，大概這種多變而非固態的物質，比較適合入詩。我沒有深入考究自己常用這兩個意象的原因，選擇茶可能是因為聚餐的緣故，總離不開喝茶吃點心，就地取材的原因吧。詩中的茶多指中茶，飲茶時，總喜歡仔細觀察手中的白色小瓷杯，裏面有清澈的茶湯和沉澱杯底的茶葉，頗有層次和溫度的意象，我很喜歡。至於尿液，我當然沒有任何特殊的癖好，只是按敘事或場景的需要，不避粗俗而入詩，例如描寫小便盆、街邊的狗抬腿撒尿等，〈點滴〉一詩，則敘述我的外公腎臟有毛病，有天更出現排血尿的情況，需要緊急到醫院接受治療，我和外婆坐在急症室等候，觀察他們夫婦之間淡漠而微妙的互動。我認為文學創作應該反映生活，多於為生活進行過度的潤飾，既然這些意象俯拾皆是，每個人都會接觸到，即使未必很雅觀，也是值得書寫的。